AMOS OZ BIJ DE BEZIGE BIJ

PANTER IN DE KELDER

Amos Oz

Panter in de kelder

Uit het Hebreeuws vertaald
door Hilde Pach

2016
DE BEZIGE BIJ
AMSTERDAM | ANTWERPEN

De woorden en begrippen voorzien van een asterisk worden verklaard in 'Noten van de vertaler', op p. 173.

Copyright © 1995 Amos Oz
All rights reserved
Copyright Nederlandse vertaling © 1998, 2016 Hilde Pach
Derde druk 2016
De eerste druk verscheen in 1998 bij Uitgeverij J.M. Meulenhoff, Amsterdam
Oorspronkelijke titel *Panter bamartef*
Oorspronkelijke uitgever Keter Publishing House, Jeruzalem
Omslagontwerp b'IJ Barbara
Omslagfoto © Mohamad Itani/Arcangel Images
Foto auteur Colin McPherson
Vormgeving binnenwerk Adriaan de Jonge
Druk Koninklijke Wöhrmann, Zutphen
ISBN 978 90 234 9889 6
NUR 302

debezigebij.nl

Voor Dean, Nadav, Alon en Ya'el

Ik ben in mijn leven vaak een verrader genoemd. De eerste keer was toen ik twaalf en een kwart was en in een wijk aan de buitenkant van Jeruzalem woonde. Het was in de zomervakantie, minder dan een jaar voordat het Britse bewind uit het land verdween en de staat Israël werd geboren uit de oorlog.

Op een ochtend stond er plotseling een tekst in dikke zwarte verf op de muur van ons huis, onder het keukenraam: 'Profi is een laaghartige verrader!' Door het woord 'laaghartig' kwam er een vraag bij me op die me ook nu nog interesseert, nu ik dit verhaal zit te schrijven: bestaan er ook verraders die niet laaghartig zijn? Zo nee, waarom had Tsjita Reznik (ik herkende zijn handschrift) dan de moeite genomen het woord 'laaghartig' toe te voegen? En zo ja, in welke gevallen was verraad dan geen laaghartige daad?

De bijnaam 'Profi' had ik al vanaf dat ik heel klein was. Het was een afkorting van 'Professor', vanwege mijn bezetenheid om woorden te onderzoeken. (Ik houd nog steeds van woorden, het verzamelen ervan, het ordenen, door elkaar gooien, omdraaien, in elkaar zetten. Ongeveer zoals liefhebbers van geld doen met munten en bankbiljetten en liefhebbers van speelkaarten met speelkaarten.)

Papa ging om half zeven 's ochtends de deur uit om de krant te halen en trof de tekst aan onder het keukenraam. Tijdens het ontbijt, terwijl hij frambozenjam op een bruine boterham smeerde, stak hij plotseling het mes bijna tot aan het heft in de jampot en zei met zijn afgemeten stem: 'Heel mooi. Wat een verrassing. Wat heeft zijne majesteit aangericht, dat ons deze eer te beurt is gevallen?'

Mama zei: 'Plaag hem toch niet zo, 's ochtends vroeg al. Het is al erg genoeg dat de kinderen hem plagen.'

Papa droeg kakikleurige kleren, zoals de meeste mannen in de buurt in die tijd. Hij had de bewegingen en de stem van iemand die absoluut gelijk heeft. Hij viste met zijn mes een dikke frambozenklont van de bodem van de pot, smeerde die gelijkelijk uit op de twee helften van zijn boterham en zei: 'Waar het om gaat is dat bijna iedereen tegenwoordig veel te gemakkelijk de uitdrukking "verrader" gebruikt. Maar wat is een verrader? Inderdaad. Een eerloos mens. Iemand die stiekem, achter je rug, ter wille van een of ander dubieus genot, de vijand helpt tegen zijn volk op te treden. Of zijn familie of zijn vrienden kwaad te doen. Verachtelijker dan een moordenaar. En eet nu alsjeblieft je ei eens op. In de krant staat dat er in Azië mensen doodgaan van de honger.'

Mama trok mijn bord naar zich toe en at mijn ei op en het restant van de boterham met jam, niet omdat ze honger had maar om de lieve vrede. En ze zei: 'Wie van iemand houdt is geen verrader.'

Dat laatste zei mama niet tegen mij of tegen papa, maar, aan de richting van haar blik te oordelen, tegen de spijker die boven onze koelkast zat en nergens toe diende.

TWEE

Na het ontbijt haastten mijn ouders zich naar de bushalte om naar hun werk te gaan. Ik bleef thuis en had tot de avond een oceaan van tijd omdat het zomervakantie was. Allereerst ruimde ik de tafel helemaal af, wat in de koelkast moest in de koelkast, wat in de kasten moest in de kasten en wat in de gootsteen moest in de gootsteen, want ik vond het prettig de hele dag geen verplichtingen meer te hebben. De vaat waste ik af en zette ik omgekeerd in het afdruiprek. Daarna ging ik alle kamers door en sloot luiken en ramen, zodat ik tot de avond een grot had. De zon en het stof uit de woestijn konden schade veroorzaken aan papa's boeken, die de wanden bedekten, en waar ook zeldzame exemplaren tussen stonden. Ik las de ochtendkrant en legde hem opgevouwen op een hoek van de keukentafel, en mama's broche legde ik terug in haar la. Dit alles deed ik niet als een verrader die boete doet voor zijn laaghartigheid, maar omdat ik van orde hield. Tot op de dag van vandaag heb ik de gewoonte elke ochtend en elke avond een rondje door het huis te maken om alles op zijn plaats te zetten. Vijf minuten geleden schreef ik hier over het sluiten van de luiken en vervolgens ben ik opgehouden met schrijven omdat ik me bedacht dat ik de badkamerdeur dicht moest doen, die misschien wel open wilde blijven; zo klonk in elk geval zijn gejammer toen ik hem dichtdeed.

Die hele zomer gingen papa en mama altijd om acht uur

's ochtends de deur uit en kwamen ze om zes uur 's avonds terug. De lunch stond voor me klaar in de koelkast en de dagen waren leeg tot aan de horizon. Ik kon bijvoorbeeld het spel beginnen met een handjevol, vijf of tien, soldaten op de mat, of pioniers, landmeters, wegbereiders en fortenbouwers, en langzaam maar zeker de strijd tegen de natuurkrachten winnen en vijanden verslaan, vlakten beheersen, steden en dorpen bouwen en wegen ertussen aanleggen.

Papa was corrector en ook een beetje assistent van de redacteur bij een kleine uitgeverij. 's Avonds zat hij aan zijn bureau, omgeven door de schaduwen van zijn boekenplanken, zijn lichaam verzonken in duisternis, alleen zijn hoofd dreef in de cirkel van het licht van zijn bureaulamp, zijn schouders waren gebogen, alsof hij moeizaam omhoogklom door het ravijn tussen de bergen van boeken die opgestapeld lagen op zijn bureau. Dan zat hij tot twee of drie uur 's nachts kaartjes en briefjes vol te schrijven met opmerkingen ter voorbereiding op het grote boek dat hij ging schrijven over de geschiedenis van de joden in Polen. Hij was een principieel en geconcentreerd man, toegewijd aan het idee van gerechtigheid.

Mama hield er daarentegen van haar halflege theeglas nu en dan omhoog te houden en erdoorheen te kijken naar het blauwe licht in het raam. En soms bracht ze het glas naar haar wangen, alsof ze warmte aan de aanraking onttrok. Ze was lerares en gaf les in een tehuis voor pas geïmmigreerde weeskinderen die zich voor de nazi's hadden weten te verbergen in kloosters of afgelegen dorpen en die nu naar ons toe gekomen waren, 'rechtstreeks uit de duisternis van het dal der schaduw des doods', zoals mama zei. En meteen verbeterde ze zichzelf: 'Ze komen uit plaatsen waar de mens de mens een wolf is. Zelfs vluchtelingen onder elkaar. Zelfs kinderen onder elkaar.' Ik construeerde dan in mijn gedachten de afgelegen dorpen met gruwelgestalten van wolfsmensen en duisternis van het dal der schaduw des doods. Ik hield van de woorden 'duisternis' en 'dal', omdat ik meteen een dal voor me zag dat gehuld was in duisternis, met kloosters en kelders. En van de schaduw des doods hield ik omdat ik het niet begreep. Als ik fluisterend 'schaduw des doods' uitsprak, kon ik bijna een diepe, doffe klank horen, die leek op de klank van de laatste, donkerste toets van een piano. De klank die een spoor van donkere echo's trekt: alsof er een ramp is gebeurd die niet meer ongedaan valt te maken.

Ik ging terug naar de keuken. In de krant zag ik staan dat we leefden in een noodlotszwangere tijd en dat we daarom al onze geestkracht moesten mobiliseren. En er stond ook nog dat de daden van het Britse bewind een zware schaduw over alles wierpen en het Hebreeuwse volk werd opgeroepen de proef te doorstaan.

Ik ging het huis uit, keek om me heen en onderzocht, zoals gebruikelijk bij de Ondergrondse, of er niemand was die mij bespiedde: een vreemde man met een zonnebril, die zich verschool achter een krant, aan het oog onttrokken door de schaduw van het portaal van een van de huizen aan de overkant. Maar de straat leek verdiept in zijn eigen zaken: de groenteman stond een muur van lege kisten te bouwen. De jongen die hielp in de kruidenierszaak van de gebroeders Sinopski sleepte een krakende handkar voort. De kinderloze oude dame, pani Ostrowska, veegde onophoudelijk het stukje stoep voor haar deur, het was zeker al de derde keer vanochtend. De ongetrouwde vrouwelijke arts dokter Grippius zat op de veranda kaartjes vol te schrijven; papa had haar aangemoedigd materiaal te verzamelen en te proberen herinneringen op te schrijven aan het leven van de joden in haar geboortestad Rosenheim, en de petroleumverkoper reed langzaam voorbij met zijn kar, de leidsels loom op zijn knieën, hij klingelde met een handbel en zong tegen zijn paard een liedje van verlangen in het Jiddisj. Daar stond ik dan en bekeek opnieuw, nauwkeurig, het zwarte opschrift: 'Profi is een laaghartige verrader,' misschien was er nog een nietig detail dat een nieuw licht op de zaak kon werpen. Door haast of angst was de laatste letter van het woord *boged* (verrader) zo geschreven dat het leek of er *boger* (afgestudeerde) stond, zodat je in mij ook een laaghartige afgestudeerde kon zien in plaats van een laaghartige verrader. Die ochtend had ik er alles voor gegeven om een afgestudeerde te zijn.

Dus Tsjita Reznik had een 'Bileamsdaad' verricht.

Meneer Zeroebavel Gichon, de godsdienstleraar, had ons in de klas uitgelegd: 'Een Bileamsdaad. Iemand wil je vervloeken, maar het blijkt een zegen te zijn. Zo zei bijvoorbeeld de vijandelijke Britse minister Ernest Bevin in het parlement in Londen dat de joden een koppig volk zijn. Daarmee deed hij een Bileamsdaad.'

Meneer Gichon had de vaste gewoonte zijn lessen te kruiden met grapjes die niemand grappig vond. Vaak gebruikte hij zijn vrouw als onderwerp voor zijn schertspogingen. Toen hij ons een passage uit het boek Koningen wilde verduidelijken, zei hij bijvoorbeeld: 'Zwepen en gesels. Gesels zijn honderdmaal erger. Ik tuchtig jullie met zwepen en mijn mevrouw tuchtigt mij met gesels.' Of: 'We hebben een passage: "als het geknetter van dorens onder een pot, zo is het lachen van de dwaas". Prediker 7. Zo klinkt mevrouw Gichon als ze lacht.'

Ik zei een keer tijdens het avondeten: 'Die meester Gichon,

er gaat bijna geen dag voorbij zonder dat hij zijn vrouw ver- raadt in de klas.'

Papa keek mama aan en zei: 'Dat kind van jou is beslist stapelgek geworden.' (Papa hield van het woord 'beslist', en ook van de woorden 'onmiskenbaar', 'overduidelijk', 'inder- daad ja'.)

Mama zei: 'Waarom probeer je niet eens te vragen wat hij je wil vertellen, in plaats van hem te beledigen? Jij luistert nooit echt naar hem. Naar mij ook niet en naar niemand. Misschien alleen naar het nieuws op de radio.'

'Alles,' antwoordde papa geduldig en weloverwogen, zo- als altijd principieel weigerend zich in een ruzie te laten be- trekken, 'alles heeft minstens twee kanten. Alles op een paar heethoofdige types na, zoals bekend.'

Ik wist niet wat heethoofdige types waren, maar ik wist maar al te goed dat dit niet het moment was om daarnaar te vragen. Daarom liet ik ze met zijn tweeën bijna een volle minuut tegen elkaar zwijgen, ze hadden soms van die stil- tes die leken op armpje drukken, en pas toen zei ik: 'Behal- ve schaduw.'

Papa keek me schuin aan met zijn sceptische blik, zijn bril halverwege zijn neus, en knikte. Hij had zo'n blik die uitdrukte wat we bij Bijbelles geleerd hadden: 'En hij ver- wachtte, dat de wijngaard goede druiven zou voortbren- gen, maar hij bracht wilde druiven voort,' en boven zijn bril gluurden zijn blauwe ogen naar mij, bloot, teleurgesteld in mij en in de hele jeugd en in het falende onderwijssysteem, waarheen hij een vlinder gestuurd had om een pop terug te krijgen: 'Over welke schaduw heb je het? Waar is een scha- duw?'

Mama zei: 'In plaats van hem de mond te snoeren zou je misschien kunnen proberen erachter te komen wat hij je duidelijk wil maken. Hij probeert immers iets duidelijk te maken.'

En papa: 'Mooi. Inderdaad ja. Welnu, zeg me dan eens, waarop wenst meneer vanavond te doelen? Over welke geheimzinnige schaduw wil hij ons ditmaal verslag doen? De schaduw der bergen die hij aanziet voor bergen? Of de schaduw in: als een slaaf, die hijgt naar schaduw?'

Ik stond op om naar bed te gaan. Hij moest niet denken dat hij enige verklaring van me kreeg. Maar in mijn welwillendheid zei ik toch: 'Behalve de schaduw, papa. Jij zei daarnet dat alles minstens twee kanten heeft. En je had bijna gelijk. Maar je vergat dat de schaduw bijvoorbeeld altijd maar één kant heeft. Ga het maar onderzoeken als je me niet gelooft. Misschien moet je zelfs een paar proefjes doen. Je hebt me immers zelf geleerd dat er geen regel is zonder uitzondering en dat het absoluut verboden is te generaliseren. Je bent helemaal vergeten wat je me geleerd hebt.'

Dat zei ik. Toen stond ik op, zette de afwas in de gootsteen en ging naar mijn kamer.

DRIE

Ik zat op papa's stoel aan zijn bureau, trok het grote woordenboek en de encyclopedie uit de boekenkast en begon zoals ik van hem geleerd had op een van de lege kaartjes een woordenlijst samen te stellen:

Verrader. Verklikker. Informant. Spion. Saboteur. Deserteur. Vijfde colonne. Collaborateur. Geheim agent. Infiltrant. Dubbelspion. Mes in de rug. Afvallige. Intrigant. Contractbreuk plegen. Zijn ziel aan de duivel verkopen. Mol. Provocateur. Brutus (zie: Rome). Quisling (zie: Noorwegen). En op echtelijk gebied: een ander hebben. Ontrouw zijn. Overspel plegen. Vreemdgaan. En overdrachtelijk: heilig boontje. Wolf in schaapskleren. Veinzer. Valsaard. Iemand met twee gezichten. Januskop. Judas (alleen in de christelijke talen). 'Een trouweloze ten dage der benauwdheid' (Spreuken 25:19).

Ik deed het woordenboek dicht: het duizelde me. De lijst die ik had overgeschreven op een leeg kaartje van papa werd een dicht bos; in de schaduw van de bomen splitsten zich talloze paden waaruit zich nog veel meer paadjes vertakten, opgeslokt door het duister van het struikgewas, ze kronkelden, ontmoetten elkaar, kwamen even samen en splitsten zich weer, ze leidden naar schuilplaatsen met grotten, varens, doolhoven, nissen, rotsspleten, verlaten dalen, wat een wonder, hoe konden plotseling de infiltrant en de informant en de intrigant, het mes en het boontje, de wolf, de mol, de afvallige en de overspelige elkaar kruisen? En wie was Judas? Welke duistere daad hadden Brutus en Quisling begaan? En ook: varens, paden, varen, padden. (Tot op de dag van vandaag mag ik geen encyclopedie of woordenboek openslaan als ik aan het werk ben. Als ik dat eenmaal heb gedaan, is er een halve dag verloren.) Het kon me niet meer schelen wat ik was: een verrader, een twistzoeker, een stapelgek kind, want de hele ochtend zeilde ik over de watervlakten van de encyclopedie, onderweg kwam ik langs de wilde Papoea-stammen, bestreken met oorlogskleuren, en langs vreemde kraters op sterren waar een hels vulkanisch vuur brandde, of die juist bevroren waren en in eeuwige duisternis gehuld (school daar soms de schaduw des doods?), ik legde aan bij eilanden en dwaalde door eeuwige moerassen, stuitte op menseneters en ascetische grotmonniken, door God vergeten zwarte joden uit de tijd van de koningin van Seba, en ik las over de continenten die elk jaar een halve millimeter uit elkaar drijven. (Hoe lang kon dat uit elkaar drijven doorgaan? Gezien het feit dat de aarde rond was, zouden ze elkaar over miljarden jaren immers aan de andere kant weer tegenkomen!) Toen zocht ik Brutus en Quisling op en wilde ik ook Judas opzoeken, maar onderweg strandde ik bij 'lichtjaren', die mij doorkliefden met een meeslepend zoet verlangen.

Tegen de middag bracht de honger mij van de oorsprongen van het heelal naar de keuken terug. Ik schrokte staande het eten naar binnen dat mama voor me in de koelkast had achtergelaten: grutten. Een gehaktbal. Soep. Vergeet niet alles een paar minuten op te warmen op het petroleumstel en denk eraan het petroleumstel daarna uit te doen. Maar ik warmde het niet op: dat vond ik zonde van de tijd. Ik wilde zo snel mogelijk klaar zijn en teruggaan naar de verdwenen nevels. Maar toen ontdekte ik onder de deur een opgevouwen briefje waarop in het handschrift van Ben-Choer stond:

Mededeling aan de laaghartige verrader. Vanavond half zeven dien je je zonder uitstel te melden op het jou bekende punt in Tel Arza om voor de krijgsraad-te-velde te verschijnen op beschuldiging van ernstig verraad op grond van het artikel betreffende vriendschappelike omgang met de Britse vijand.
Was getekend: de Organisatie vos – Generale Staf – Eenheid Interne Veiligheid en Onderzoek.
p.s. Je dient uitgerust te zijn met trui, waterfles en hoge schoenen misschien wordt je de hele nacht verhoord.

Allereerst verbeterde ik met potlood: vriendschappelijke en niet vriendschappelike. Word en niet wordt. Toen leerde ik de inhoud van het briefje uit mijn hoofd in overeenstemming met de instructies, verbrandde het in de keuken, gooide de as in de wc en spoelde door, zodat er geen bewijsmateriaal zou achterblijven, voor het geval dat de Britse geheime politie huiszoeking zou doen. Toen ging ik weer naar het bureau en probeerde terug te keren naar de nevels en de wijde verten van de lichtjaren. Maar de nevels waren opgelost en de lichtjaren uitgedoofd. Vervolgens confisqueerde ik nog maar een leeg kaartje van papa's stapeltje en noteerde daarop: 'De toestand is ernstig en zorgwekkend.' En ik schreef: 'Maar ons hoofd zal niet buigen.' Toen vernietigde ik het kaartje en zette het woordenboek en de encyclopedie terug op hun plaats. Er was angst.

Die ik meteen diende te overwinnen.

Maar hoe?

Ik besloot wat postzegels te sorteren: Barbados en Nieuw-Caledonië waren allebei met één postzegel in de verzameling vertegenwoordigd. Ik had ze allebei weten te lokaliseren in de grote Duitse atlas. Ik zocht chocola, die er niet was. Ten slotte ging ik terug naar de keuken en likte twee lepeltjes van papa's frambozenjam op.

Niets hielp. Het stond er slecht voor.

VIER

Zo herinner ik me Jeruzalem in de laatste zomer van het Britse bewind: een stad van steen, verspreid over de hellingen van de heuvels. Niet echt een stad, maar afzonderlijke wijken die van elkaar gescheiden werden door distelvelden en rotsen. Op de hoeken van de straten stonden soms Britse pantserwagens met bijna gesloten luiken, als ogen die verblind worden door het licht. En aan de voorkant van de pantserwagens staken de mitrailleurs uit alsof het vingers waren die zeiden: jij.

Tegen de ochtend kwamen er altijd jongens naar buiten om op de muren en de elektriciteitspalen plakkaten van de Ondergrondse te plakken. In onze tuin speelden zich op zaterdagmiddag altijd discussies af tussen de gasten, onder een niet-aflatende stroom van glazen gloeiend hete thee en met koekjes die mama had gebakken (en ik hielp haar altijd met het uitsnijden van sterrenvormen en bloemenvormen in het zachte deegoppervlak). Tijdens deze discussies gebruikten zowel de gasten als mijn ouders de woorden vervolging, vernietiging, redding, geheime politie, erfgoed, illegale immigranten, blokkade, demonstraties, hadj Amin, dissidenten, kibboetsiem, het Witboek, Hagana, zelfbeheersing, vestiging, bendes, geweten van de wereld, onlusten, protesten, illegale immigranten. Soms raakte een van de gasten opgewonden, vaak was dat juist een zwijgzaam iemand, een tengere, bleke man, wiens sigaret trilde tussen

zijn vingers, terwijl de zakken van zijn tot aan de hals dicht-
geknoopte overhemd vol zaten met opschrijfboekjes en
blaadjes: plotseling schreeuwde hij het uit, woedend maar
beschaafd; hij gebruikte uitdrukkingen als 'lammeren naar
de slachtbank', 'beschermde joden', en vervolgens haastte
hij zich eraan toe te voegen, alsof hij probeerde de slechte
indruk enigszins weg te nemen: maar pas op, we mogen onder geen beding verdeeld raken, we zitten allemaal in hetzelfde schuitje.

In het verlaten washok op het dak van het gebouw was
een wasbak gemaakt en elektrisch licht aangelegd: daar was
meneer Lazarus uit Berlijn komen wonen, een kleermaker,
hij maakte herenkostuums, een kleine jaknikkende, met
zijn ogen knipperende man die, ondanks de zomerhitte,
een grauw jasje droeg en daaronder nog een soort strak,
dichtgeknoopt jasje, maar dan zonder mouwen. Om zijn
nek hing altijd, als een ketting, een groene centimeter. Hitler, zo werd gezegd, had zijn vrouw en dochters vermoord.
Hoe was meneer Lazarus eigenlijk gespaard gebleven?
werd er bij ons gefluisterd. De een zei dit, de ander zei dat.
Men had twijfels. En ik was achterdochtig: wat wisten ze eigenlijk? Meneer Lazarus sprak immers met geen woord
over wat daar gebeurd was? Hij had in het trappenhuis een
kartonnen bord opgehangen, half in het Duits dat ik niet
begreep en half in het Hebreeuws dat hij mama gevraagd
had voor hem op te schrijven: 'Vakkundig kleermaker, cou-
peur en tailleur uit Berlijn. Aanvaardt opdrachten voor alle
soorten naaiwerk alsmede reparaties volgens de allerlaatste
modevoorschriften. Aantrekkelijke prijzen, ook op krediet.'
Na een paar dagen had iemand de Duitse helft van het bord
afgescheurd, omdat het gebruik van de taal der moorde-
naars hier bij ons niet geduld werd.

Papa vond achter in de kast een oud wintervest en stuurde mij naar het dak, of meneer Lazarus zo goed zou willen zijn de knopen te verwisselen en de naden aan de binnenkant te verstevigen. 'Inderdaad ja, het is een vod, het valt te betwijfelen of het nog gebruikt kan worden,' zei papa, 'maar zo te zien is hij brodeloos daarboven, en een aalmoes is altijd een belediging. Laten we hem daarom dit sturen. Dan kan hij de knopen verwisselen. Dan verdient hij een paar stuivers aan ons. Dan voelt hij dat hij hier gewaardeerd wordt.'

Mama zei: 'Goed. Nieuwe knopen. Maar waarom stuur je dan het kind? Ga zelf naar boven, maak een praatje, en nodig hem bij ons uit voor een glas thee.'

'Beslist,' zei papa, in verlegenheid gebracht, en even later voegde hij er met nadruk aan toe: 'Zeker. We zullen hem beslist uitnodigen.'

Meneer Lazarus had met oude beddenspiralen de verste hoek van het dak afgezet, had ze versterkt met ijzerdraad, had er een soort hok of kooi van gemaakt, had er stro in uitgespreid uit een oude matras, had zes kippen meegebracht en had aan mama gevraagd op de overgebleven helft van het bord toe te voegen: 'Ook verse eieren te koop'. Maar nooit, zelfs niet met de feestdagen, wilde hij een kip verkopen voor de slacht. Integendeel: er werd gezegd dat meneer Lazarus elke kip een eigen naam had gegeven en dat hij 's nachts opstond en het dak opging om te kijken of ze wel goed sliepen. Tsjita Reznik en ik waren een keer stiekem tussen de waterreservoirs gekropen en daar hoorden we hoe meneer Lazarus in discussie ging met de kippen. In het Duits. Hij beweerde iets, smeekte, argumenteerde en neuriede zelfs een liedje voor ze. Soms ging ik naar boven om uitgedroogde broodkorsten te brengen of een schoteltje met zwarte linzen die niet goed waren en die ik van mama tussen de goede uit had moeten halen. Als ik de kippen aan het voeren was, gebeurde het een enkele keer dat meneer Lazarus naar me toe kwam en plotseling met zijn vingertoppen mijn schouder aanraakte, waarna hij ze meteen weer terugtrok en ermee wapperde alsof hij ze verbrand had. Veel mensen bij ons spraken tegen de lucht. Of tegen iemand die er niet was.

Op het dak, achter het kippenhok van meneer Lazarus, had ik een uitkijkpost gemaakt vanwaar ik een uitstekend overzicht had over de daken en zelfs naar binnen kon gluren bij de Britse kazerne. Ik stond daar, verdekt opgesteld tussen de zonneboilers, hun avondparade te bespieden, noteerde bijzonderheden in een opschrijfboekje, richtte vervolgens een sluipschuttersgeweer en maaide ze allemaal neer, met een afgepast, goed gericht salvo.

Van mijn uitkijkpost op het dak zag ik in de verte ook Arabische dorpen liggen, verspreid over de uitlopers van de bergen, en de Scopusberg en de Olijfberg, waarachter plotseling de woestijn begon, en ver weg in het zuidoosten lag de Heuvel van de Boze Raad verscholen, waar het paleis van de Britse Hoge Commissaris stond. Ik werkte die zomer de laatste details uit van een plan voor de bestorming van dat paleis, uit drie richtingen, en ik had in hoofdlijnen bedacht wat ik zonder aarzelen zou zeggen tegen de Hoge Commissaris nadat hij krijgsgevangen zou zijn gemaakt en meegenomen voor verhoor hier bij mij in de commandopost op het dak.

Op een keer onderzocht ik vanuit de uitkijkpost het raam van de kamer van Ben-Choer omdat ik het vermoeden had dat hij achtervolgd werd, en toen verscheen in plaats van Ben-Choer in een hoek van het raam Jardena, zijn grote zus. Ze stond midden in de kamer, draaide twee kokette rondjes op haar tenen, als een danseres, en plotseling knoopte ze haar ochtendjas los, trok hem uit, trok een jurk aan en deed die dicht. In de tijd tussen de ochtendjas en de jurk schitterden even een paar donkere eilandjes op haar witte huid, in de schaduw van haar armen, en nog een duizelingwekkend eiland op haar buik, en meteen verdwenen ze in haar jurk die als een scherm van haar hals tot haar knieën viel nog voordat ik goed had kunnen zien wat ik zag of me had kunnen terugtrekken van de uitkijkpost of op zijn minst mijn ogen had kunnen sluiten: want dat zou ik beslist gedaan hebben, maar alles was in een oogwenk gebeurd. Terstond dacht ik: nu ga ik dood. Ik verdien het om hiervoor te sterven.

Jardena had een verloofde en een ex-verloofde, en behalve hen, zei men, was er ook nog een jager uit Galilea en een dichter van de Scopusberg, én de verlegen bewonderaar die alleen maar bedroefd naar haar keek en nooit iets tegen haar durfde te zeggen, behalve goedemorgen en kijk toch eens wat een schitterende dag. In de winter had ik Jardena twee gedichten laten lezen en na een paar dagen zei ze: jij gaat zo te zien nog meer schrijven. Die woorden verrukten mij meer dan de meeste woorden die jaren later kwamen, toen ik echt schreef.

Die avond besloot ik dapper naar haar toe te gaan of op zijn minst haar dapper een brief te schrijven en haar om vergeving te vragen en uit te leggen dat ik niet van plan was geweest haar te zien en dat ik ook echt niets gezien had. Maar ik schreef niets want ik wist niet of Jardena mij had opgemerkt toen ik op het dak aan de overkant stond. Misschien had ze het helemaal niet gemerkt. Ik bad van niet, maar hoopte van wel.

Alle wijken, dorpen, bergen en torens die te zien waren vanaf mijn uitkijkpost, kende ik uit mijn hoofd: bij de kruidenier van de gebroeders Sinopski, in de rij bij de ziekenfondspraktijk, op het balkon van de familie Dortsion aan de overkant, voor het krantenstalletje Sjibolet stonden altijd mensen te discussiëren over de grenzen van de Hebreeuwse staat die gesticht zou worden na de overwinning: met of zonder Jeruzalem? Met of zonder Britse vlootbasis in Haifa? Met of zonder Galilea? En de woestijn? Sommigen hoopten dat de legers van de verlichte wereld de plaats van de Britten zouden komen innemen om ons te beschermen tegen het gevaar van afslachting door bloeddorstige Arabieren. (Elk volk had een vaste benaming, een soort familienaam: Albion was perfide, Duitsland onrein, China ver, Rusland Sovjet, Amerika rijk. Beneden aan de kust lag het bruisende Tel Aviv. Ver van ons vandaan, in Galilea, in de dalen, strekte zich het werkende Land Israël uit. De Arabieren werden bloeddorstig genoemd. De wereld als geheel had een paar familienamen, afhankelijk van de sfeer en de situatie: de verlichte. De vrije. De grote. De hypocriete. Vaak zei men: de wereld die wist en zweeg. Soms zeiden ze: hierover zal de wereld niet zwijgen.)

En intussen, tot de tijd dat de Britten zouden verdwijnen en de Hebreeuwse staat eindelijk gesticht zou worden, deden ze elke ochtend om zeven uur de kruidenierszaak en de groentewinkel open en sloten ze om zes uur, voordat de vaste avondklok inging. De buurtbewoners, de familie Dortsion, dokter Grippius, en wij, en Ben-Choer en zijn ouders, kwamen bij elkaar bij dokter Buster, die een radio had: we stonden zwijgend en somber te luisteren naar de nieuwsuitzending van Radio Jeruzalem. Soms luisterden we na het vallen van de avond, zachtjes, naar de uitzendingen van de

Ondergrondse van Radio Strijdend Zion. Sommigen bleven na het nieuws nog luisteren naar het programma van de vermiste familieleden, misschien zou er plotseling melding gemaakt worden van een familielid dat vermoord was in Europa maar nu toch tot de overlevenden bleek te behoren en in het land was aangekomen of op zijn minst opgedoken was in een van de interneringskampen voor overlevenden die de Britten op Cyprus hadden ingericht.

Tijdens de uitzending heerste er stilte in de kamer, als een gordijn dat in het donker wappert in de wind. Maar als de radio zweeg, praatte iedereen. De hele tijd. Wat er gebeurd was, wat er zou gebeuren, wat er gedaan kon worden, en wat mocht en wat de moeite waard was en wat ons nog overbleef, ze praatten alsof ze bang waren dat er iets vreselijks zou gebeuren als er opeens een moment stilte zou heersen. Over de schouder van de gesprekken en discussies gluurde soms die magere, grauwe, kille stilte, die ze altijd het zwijgen oplegden.

Iedereen las kranten en als ze hun krant uit hadden, ruilden ze met elkaar: *Davar, Hamasjkif, Hatsofee* en *Haärets* gingen van hand tot hand. En omdat de dagen toen veel langer waren dan tegenwoordig, en elke krant maar vier pagina's had, lazen ze 's avonds weer wat ze 's ochtends al hadden uitgeplozen, ze stonden in een groepje op de stoep voor de kruidenierszaak van de gebroeders Sinopski en vergeleken wat er in *Davar* stond over onze morele kracht met wat *Haärets* zei over het belang van zelfbeheersing: misschien stond er toch nog iets tussen de regels, een detail van cruciaal belang dat ze over het hoofd hadden gezien bij de eerste en de tweede lezing.

Behalve meneer Lazarus waren er nog meer vluchtelingen in de wijk: uit Polen, uit Roemenië, uit Duitsland, uit

Hongarije, uit Rusland. De meeste bewoners werden geen vluchtelingen genoemd en geen pioniers en ook geen burgers, maar de *jisjoev*, de georganiseerde joodse gemeenschap, en die bevond zich ergens in het midden, onder de pioniers en boven de vluchtelingen en tegenover de Britten en de Arabieren en tegen de dissidenten. Maar hoe kon je ze van elkaar onderscheiden? Bijna iedereen, pioniers en vluchtelingen en dissidenten, sprak met een zachte r en een vochtige l, behalve de Sefardiem, die met een donderende r spraken en met een scherpe ch-klank. De ouders hoopten dat wij, de kinderen, zouden opgroeien tot volkomen nieuwe joden, beter en mooier, breedgeschouderd, strijders en landbewerkers. Daarom bleven ze ons maar volproppen met lever, kip en fruit, zodat we als de tijd daar was gebruind en onverschrokken stand zouden houden en ons ditmaal niet door de vijand zouden laten wegvoeren als lammeren naar de slachtbank. Soms raakten ze vervuld van heimwee naar de plaatsen vanwaar ze naar Jeruzalem waren gekomen, dan zongen ze liedjes in talen die wij niet kenden, en vertaalden ze zo'n beetje voor ons, opdat wij ook zouden weten dat er vroeger een rivier en een weitje waren geweest, bossen en weilanden, schuine strooien daken, en klokgelui in de mist. Want hier in Jeruzalem lagen de kale landjes er dor bij en verdroogden ze de hele zomer in de zon en de huizen waren gebouwd van steen en plaatstaal en de zon verschroeide alles alsof de oorlog al hier was. Van 's ochtends tot 's avonds ging het licht als een dolle tekeer.

Soms zei iemand: 'Wat zal er gebeuren?' en dan antwoordde iemand anders: 'We moeten er het beste van hopen,' of: 'We moeten doorgaan.' Mama zat soms vijf of tien minuten gebogen over een doos waarin foto's zaten en nog wat dingetjes, en ik wist al dat je dan moest doen alsof je niets zag. Mama's ouders en haar zuster Tanja waren vermoord door Hitler in de Oekraïne, samen met alle joden die niet op tijd hierheen hadden kunnen komen. Papa zei eens: 'Het verstand kan het niet bevatten. Het hart weigert het te geloven. En de hele wereld zweeg.'

Ook hij rouwde soms over zijn ouders en over zijn zusters, niet met tranen, maar zo: hij stond een half uur lang verbitterd, wat hoekig, zoals een rechtschapen, koppig man staat, de details te bestuderen van de kaarten die hij aan de muren van de gang had gehangen. Als een generaal in de commandokamer stond hij zwijgend te kijken. Zijn opvatting luidde dat wij de Britse bezetter moesten verdrijven en hier een Hebreeuwse staat moesten stichten waar alle vervolgde joden uit de hele wereld naartoe konden komen. En deze staat, zei hij, moest daadwerkelijk een voorbeeld van gerechtigheid zijn voor de hele wereld: ja, zelfs voor de Arabieren, als zij ervoor zouden kiezen te blijven en hier te midden van ons te leven. Ja, ondanks alles wat de Arabieren ons aandeden door de schuld van de opruiers en de provocateurs, moesten wij hen met onmiskenbare welwillendheid tegemoettreden, en dat beslist niet uit zwakte: als eindelijk de vrije Hebreeuwse staat gesticht zou worden, zou geen schurk ter wereld het meer wagen joden te vermoorden of te vernederen. En als hij het zou wagen, dan zouden we hem treffen, want tegen die tijd zouden wij een zeer lange arm hebben.

Toen ik in de vierde of vijfde klas zat, had ik voorzichtig, met potlood, de wereldkaart uit papa's atlas overgetrokken op dun, half doorzichtig papier, en daarop had ik de Hebreeuwse staat aangegeven die papa beloofd had: een groene vlek tussen de woestijn en de zee. Van de vlek trok ik een lange arm over de continenten en de zeeën en aan het eind van de arm een vuist die overal heen reikte. Tot Alaska. Tot voorbij Nieuw-Zeeland.

'Maar wat hebben we dan gedaan,' vroeg ik een keer tijdens het avondeten, 'dat iedereen ons haat?'

Mama zei: 'Dat komt omdat we altijd aan de goede kant hebben gestaan. Ze vergeven het ons niet dat we sinds mensenheugenis nooit een vlieg kwaad hebben gedaan.'

Dat betekent dat het beslist niet de moeite waard is om aan de goede kant te staan, dacht ik, maar ik zei het niet. En ook: dat verklaart mijn relatie met Ben-Choer. Ik sta ook aan de goede kant. En ik doe ook geen vlieg kwaad. Maar nu breekt het tijdperk van de panter aan.

Papa zei: 'Het is een trieste, duistere zaak. In Polen bijvoorbeeld, haatten ze ons omdat we uitzonderlijk waren, onbekend en eigenaardig, alles deden we onmiskenbaar anders dan de hele omgeving: we spraken anders, we kleedden ons anders, we aten anders. En op twintig kilometer afstand, aan de andere kant van de grens, in Duitsland, haatten ze ons juist om de omgekeerde reden: in Duitsland spraken we, aten we, kleedden we ons en gedroegen we ons precies zoals iedereen. En degenen die ons haatten zeiden: kijk toch eens hoe die lui zich met ons vermengen, inderdaad ja, je kunt niet meer onderscheiden wie een jid is en wie niet. Zo is ons lot: de voorwendselen voor de haat veranderen, maar de haat zelf blijft eeuwig bestaan. En wat is de conclusie?'

'Proberen niet te haten,' zei mama.

En papa zei, terwijl zijn blauwe ogen snel knipperden achter zijn brillenglazen: 'We mogen niet zwak zijn. Zwak zijn is een zonde.'

'Maar wat hebben we gedaan?' vroeg ik. 'Waarmee hebben we hun woede opgewekt?'

'Deze vraag,' zei papa, 'moet niet aan ons gesteld worden, maar aan onze vervolgers. En wil meneer nu zo goed zijn

zijn sandalen onder de stoel vandaan te halen en ze op hun plaats te zetten. Niet hier. Ook niet hier. Op hun plaats.'

's Nachts hoorden we in de verte schoten, ontploffingen, de Ondergrondse kwam tevoorschijn uit zijn geheime bases en trof de centra van het Britse bewind. Al om zeven uur 's avonds sloten we de luiken en de deur en dan zaten we tot de ochtend in huis opgesloten. Er gold een avondklok in de stad. Een lege, transparante zomerwind blies door de verlaten straten, door de steegjes, door de stenen wenteltrappen. Soms werden we opgeschrikt door een vuilnisbak in de buurt die in het donker door een straatkat omver werd gegooid. Jeruzalem lag te wachten. Ook in ons huis was het het grootste gedeelte van de avond stil. Papa zat met zijn rug naar ons toe, van ons afgescheiden door de cirkel van zijn bureaulamp, ingegraven tussen boeken en kaartjes. Zijn vulpen kraste in de stilte, hield stil, dacht na en kraste weer, alsof hij een tunnel knaagde en uitgroef. Papa onderzocht, vergeleek, verifieerde misschien een onzeker detail in de lijsten die hij opstelde voor het schrijven van zijn grote boek over de geschiedenis van de joden in Polen. Mama zat aan de andere kant van de kamer, in haar schommelstoel, las of had het boek omgekeerd op haar schoot gelegd, en luisterde heel aandachtig naar een klank die ik niet kon horen. Aan haar voeten op de mat las ik de krant uit en begon ik op een blaadje een gevechtsplan te schetsen waardoor de Ondergrondse met een verrassingsaanval de bestuurscentra in Jeruzalem in handen kon krijgen. Zelfs in mijn dromen versloeg ik vijanden, en nog een paar jaar na die zomer bleef ik dromen over oorlogen.

De Organisatie vos bestond die zomer uit slechts drie strijders: Ben-Choer, de opperbevelhebber, tevens hoofd van de Speciale Eenheid voor Interne Veiligheid en Onderzoek. Ik was zijn adjudant. Tsjita Reznik was soldaat en stond op de nominatie bevorderd te worden tot officier als de organisatie uitgebreid zou worden. Behalve het adjudant-schap was mij in de praktijk ook de functie toebedeeld van het plannen makende brein: ik had de organisatie in het begin van de grote vakantie opgericht en had haar haar naam gegeven: vos (een afkorting van 'Vrijheid Of Sterven'). Ik had het idee verzonnen van het inzamelen, krombuigen en uitstrooien van de spijkers op de weg naar de kazerne, om de Britse banden lek te prikken. En ik had de opschriften bedacht die Tsjita Reznik volgens het bevel dat hij ontving, in dikke zwarte verf op de muren van de huizen in de buurt moest kalken: 'Britse onverlaat – maak dat je ons land ver-laat!' 'Engeland naar de hel – weg uit het land Israël!' 'Perfi-de Albion – ga weg en kom niet weerom!' (De uitdrukking 'perfide Albion' had ik van papa geleerd.) Wij waren van plan in de loop van de zomer de bouw van onze geheime ra-ket te voltooien: in een verlaten schuur aan de rand van de wadi, achter de tuin van Tsjita, hadden we al de motor van een oude elektrische koelkast en losse onderdelen van een motorfiets en enkele tientallen meters elektriciteitsdraad, en stoppen en batterijen en gloeilampen en ook zes flessen nagellak. Uit die nagellak waren we van plan de aceton te isoleren, waarvan explosieven gemaakt werden. Aan het eind van de zomer zou de raket klaar zijn en hij zou precies gericht staan op de voorgevel van Buckingham Palace, waar koning George van Engeland woonde, en dan zouden we hem per post een trotse, gedecideerde brief sturen: Jullie verlaten het land voor de komende Jom Kipoer, en zo niet, dan zal onze dag des oordeels veranderen in jullie dag des oordeels.

Wat zouden de Britten ons antwoorden op de brief, gesteld dat we nog twee of drie weken de tijd hadden en erin zouden slagen de bouw van de raket te voltooien? Misschien zouden ze zich beraden en het land verlaten, en daarmee zichzelf én ons een hoop bloed en leed besparen. Het was moeilijk te zeggen. Maar midden in die zomer was de geheime relatie aan het licht gekomen die er bestond tussen mij en brigadier Dunlop, het geheim waarvan ik had gehoopt dat het nooit zou uitkomen en ook nooit zou eindigen. En omdat dat aan het licht was gekomen, was het opschrift op de muur verschenen en had ik het bevel gekregen me diezelfde avond te melden aan de rand van het bos van Tel Arza, om voor de krijgsraad-te-velde te verschijnen op beschuldiging van verraad.

Om de waarheid te zeggen wist ik van tevoren dat het proces niets zou uitmaken. Geen argument en geen rechtvaardiging zouden me kunnen helpen. Zoals gebruikelijk bij ondergrondse bewegingen waar en wanneer ook, was iemand die eens een verrader genoemd werd, altijd een verrader. Tevergeefs zou hij proberen zichzelf vrij te pleiten.

VIJF

Ben-Choer was een vosachtig kind, scherp, geel en mager, met ogen waarvan de kleur dicht bij kaki lag. Ik hield niet van hem. We waren ook eigenlijk geen vrienden. Het was iets anders, iets wat veel hechter was dan vriendschap: als Ben-Choer mij, laten we zeggen, zou bevelen de hele Dode Zee over te hevelen naar Opper-Galilea, emmer voor emmer, dan zou ik dat bevel opvolgen omdat ik na afloop heel misschien van hem te horen zou krijgen, uit zijn mondhoek, met zijn lijzige stem: 'Ik mag jou wel, Profi.' Ben-Choer gebruikte woorden alsof hij met grind schoot op het glas van een straatlantaren. Hij sprak bijna zonder zijn tanden van elkaar te doen, alsof hij het zonde van de moeite vond. Soms sprak hij de p van Profi uit met een soort minachting, met een plofje: Profi.

Ben-Choers zuster, Jardena, speelde klarinet. Ze had eens een wond op mijn knie schoongemaakt en verbonden, en het speet me toen dat mijn andere knie niet ook gewond was. Toen ik dank je wel tegen haar zei, barstte ze uit in klaterend gelach en richtte zich tot een publiek dat niet in de kamer was: kijk toch eens, een slakkenhuiskind. Ik wist niet wat Jardena bedoelde toen ze me een slakkenhuiskind noemde en tegelijkertijd wist ik al dat ik het ooit zou weten en dat als ik het zou weten, zou blijken dat ik het altijd geweten had. Het is heel ingewikkeld en ik moet een eenvoudiger manier zien te vinden om het te vertellen. Misschien zo: er bestaat een soort schaduw van weten die soms lang voor het weten komt. En vooral door die schaduw van weten had ik het gevoel dat ik een verachtelijke en laaghartige verrader was geweest die avond op het dak, toen ik haar per ongeluk had gezien tussen twee jurken in, en dat wat ik bijna niet had gezien, kwam vaak bij me terug: telkens weer zag ik het bijna niet. Van schaamte kreeg ik telkens kippenvel, als bij het krassen van een krijtje op het bord of de smaak van zeep tussen je tanden: de smaak die een verrader proeft tijdens het verraad of iets daarna. Ik wilde haar een brief schrijven, uitleggen dat het beslist geen opzet was geweest om te gluren, haar om vergeving vragen. Maar hoe kon ik dat? En vooral het feit dat ik sindsdien elke keer als ik weer naar mijn uitkijkpost ging, niet in staat was er niet aan te denken dat het raam daar was, aan de overkant, en dat ik niet in de richting van dat raam moest kijken, zelfs niet per ongeluk, zelfs niet tegen mijn wil, zelfs niet in het voorbijgaan, als de uitkijkblik van de heuvel van Nebi Samwil naar de Heuvel van de Boze Raad ging.

Aan Ben-Choer en mij kleefde Tsjita Reznik, de jongen met de twee vaders. (De eerste was altijd op reis en de tweede verliet het huis een paar uur voordat de eerste terugkwam. We dreven allemaal de spot met Tsjita, draaideur en meer van dat soort grappen, en Tsjita deed er zelf aan mee, hij dreef de spot met zijn moeder en zijn twee vaders, deed gek, gaf een serie imitaties van apen, met hun rare spiertrekkingen, met chimpansee-geblaf, dat bij hem een beetje op huilen leek.) Tsjita Reznik was een slavenkind: hij rende altijd weg om de bal te halen die naar de wadi achter het hek was gevlogen. Sleepte alle spullen mee als we op Tibetexpeditie gingen om op de verschrikkelijke sneeuwman te jagen. Haalde uit zijn zakken lucifers, veren, veters, een kurkentrekker, een zakmes, wat je maar vroeg en wat iemand maar nodig had. Na de grote tankslagen op de mat bleef Tsjita altijd om de dominostenen in de doos te leggen en de damstenen terug te doen in het kistje.

Bijna elke ochtend, nadat mijn ouders naar hun werk waren gegaan, werden er tankslagen gehouden bij ons thuis. We voerden grootscheepse manoeuvres uit ter voorbereiding op de dag dat de Britten het land uit zouden gaan en wij een gecoördineerde invasie van alle Arabische legers zouden moeten afslaan. Papa had een speciale plank gewijd aan boeken over de wereldoorlogen. Aan de hand van deze boeken, en met behulp van de grote kaarten die de gangmuren bedekten, reconstrueerden we op de mat de hevige gevechten in Duinkerken, Stalingrad, El-Alamein, het Koerse Haf en de Ardennen. En we leerden er lessen uit van vitaal belang voor de oorlog die ons binnenkort te wachten stond.

Om acht uur 's ochtends, als de deur achter papa en mama was dichtgevallen, ruimde ik snel de keuken op, sloot ramen en luiken om te zorgen dat het koel én geheim zou blijven en zette de stukken klaar op de mat aan de hand van de begingegevens over de reconstructie van een beslissende slag. Ik gebruikte knopen, lucifers, de dominostenen, de schaakstukken en de damstenen, spelden met vlaggetjes, en gekleurde draadjes om de grenzen en de fronten aan te geven. De verschillende troepenconcentraties stelde ik op hun startpunt. En dan wachtte ik. Even voor negen uur klopten Ben-Choer en Tsjita op de deur, twee snelle, harde klopjes en een trage, zachte klop. Ik identificeerde hen door het kijkgaatje, en dan wisselden we wachtwoorden uit. Tsjita vroeg van buiten: 'Vrijheid?' en dan antwoordde ik van binnen: 'Of sterven.'

Soms besloot Ben-Choer in het heetst van de strijd tot een pauze en ging ons voor in een aanval op de koelkast in de keuken. Ik was dol op die ochtenden, en vooral op die zeldzame momenten dat Ben-Choer tussen zijn opeengeklemde lippen door siste: 'Ik mag jou wel, Profi.'

Ik wist toen nog niet dat die woorden alleen maar enige waarde hebben als je ze tegen jezelf zegt. En ze oprecht meent.

Ongeveer op een kwart van de grote vakantie hadden we al geconcludeerd welke fouten Rommel en Zjoekov, Montgomery en George Patton hadden gemaakt, en hoe wij te zijner tijd die fouten zouden vermijden. We haalden papa's grote kaart van Palestina en omgeving van de gangmuur, spreidden hem uit op de mat, oefenden de gang van zaken bij de verdrijving van de Britten en het afslaan van alle Arabische legers. Ben-Choer was de commandant en ik was het plannen makende brein. Trouwens, ook nu ik dit verhaal schrijf, heb ik in mijn huis een muur die met kaarten bedekt is. Soms sta ik voor die kaarten, met een bril op (die niet lijkt op papa's ronde bril), en volg ik aan de hand van het nieuws op de radio en in de kranten de troepenbewegingen van de verschillende partijen in de oorlog in Bosnië, bijvoorbeeld, of in de oorlog van Armenië tegen Azerbeidzjan. Want er woedt altijd wel ergens op de wereld een oorlog. Soms denk ik, aan de hand van de kaart, dat een van de legers een fout maakt: dat het de mogelijkheid over het hoofd ziet om een verrassingsaanval vanuit de flank uit te voeren.

Halverwege de zomer had ik een plan ontworpen om te komen tot de oprichting van een Hebreeuwse armada, torpedojagers, duikboten, fregatten en vliegdekschepen. Ik was van plan na te gaan hoe de kansen lagen voor het uitvoeren van een gecoördineerde verrassingsaanval op de Britse vlootbases langs de hele Middellandse Zee: in Port-Said. In Famagusta. Op Malta. In Marsa-Matroeh. In Gibraltar. Alleen niet hier, in Haifa, want juist in Haifa waren ze natuurlijk alert en verwachtten ze de klap. Waren er nog meer Britse bases in het Middellandse Zeebekken? Deze vraag wilde ik stellen aan brigadier Dunlop bij onze volgende ontmoeting in café Orient Palace. Ik zou hem met onschuldige nieuwsgierigheid kunnen stellen, een voor de hand liggende vraag voor een jongen die van aardrijkskunde hield. Maar bij nader inzien vond ik het toch geen goed idee: ik was bang dat alleen al het stellen van de vraag achterdocht kon opwekken en daardoor het verrassingselement in gevaar kon brengen dat van vitaal belang was voor het welslagen van ons plan.

Ik kon het beter aan papa vragen.

Eigenlijk hoefde ik het ook niet te vragen. Ik kon het zelf wel uitzoeken. Je kon openbare informatie uit de encyclopedie combineren met niet minder openbare informatie van de kaarten in de atlas. De combinatie van openbare bronnen leverde soms waardevolle geheime uitkomsten op. (Dat geloof ik nog steeds. Soms stel ik iemand een onschuldige vraag, zoals van welke landschappen hij het meest houdt. En in de loop van het gesprek, niet meteen, maar na een kwartier of een half uur, vraag ik hem of haar dan terloops wat ze als kind wilden worden als ze groot zouden zijn. In mezelf combineer ik de twee antwoorden, en dan weet ik het.)

Die zeeoorlogen waren er niet gekomen, en zouden er ook niet komen. In plaats daarvan moest ik terechtstaan voor de krijgsraad-te-velde op beschuldiging van laaghartig verraad en het doorspelen van geheimen aan de vijand.

Ik dacht bij mezelf: je zou Robin Hood ook wel een verrader kunnen noemen. Alleen een kleingeestig iemand zou echter aandacht besteden aan de verraderskant van Robin Hood. Hoewel die er wel degelijk was.

Maar wat was eigenlijk verraad?

Ik ging op papa's stoel zitten. Ik deed zijn bureaulamp aan. Nam een vierkant kaartje van de stapel lege kaartjes. Op het kaartje schreef ik ongeveer dit: nazoeken of er een verband is tussen het woord *begida* (verraad) en het woord *beged* (kledingstuk). Misschien omdat een kledingstuk dingen bedekt en verbergt, net als een verrader. Of omdat kleren de neiging hebben altijd onverwachts te scheuren, net als je er niet op voorbereid bent. Of: je draagt een kledingstuk van wol, een trui, en dan komt er een hittegolf. Of je draagt dunne kleren en dan wordt het plotseling ijskoud (maar in die gevallen is het niet het kledingstuk dat verraad pleegt, maar het weer). Tijdens de Bijbelles bij meneer Zeroebavel Gichon hadden we een passage uit het boek Job geleerd: 'Mijn broeders zijn verraderlijk als een beek'. Niet de kalme beken in de Oekraïne, waarover mama dromerig vertelde, maar de beken hier in dit land, verraderlijke beken: juist in de zomerhitte, als je dorst hebt, verraden ze je en geven ze in plaats van water gloeiend grind. Terwijl er in de winter, als je stroomopwaarts loopt, plotseling een verraderlijke overstroming komt. De profeet Jeremia klaagt: 'Want volslagen verraderlijk handelen tegen Mij het huis van Israël en het huis van Juda'. En ze noemden hem zelf immers een verrader, en hij moest ook terechtstaan en werd veroordeeld en in een put gegooid.

Tijdens de grammaticales hebben we de zes letters geleerd die je anders uitspreekt als ze verdubbeld worden en die aangeduid worden als *BeGaD KeFaT*. Sindsdien zie ik telkens als iemand boged ('verrader') zegt, het beeld voor me van een verrader met geboeide *kapot* ('handen') en neergeslagen ogen, die wacht op zijn verschrikkelijke straf zonder enige hoop op gratie.*

'Laaghartig' daarentegen, zo noteerde ik op een ander kaartje, 'laaghartig' heeft te maken met 'laag', het tegengestelde van 'hoog', en betekent 'minderwaardig', 'slecht', 'gemeen'. Iemand op wie je neerkijkt. De zee heeft hoogwater en laagwater. Is het tegengestelde van 'laaghartig' 'hooghartig'? Ben-Choer Tikoetsjinski is hooghartig, maar tegelijkertijd ook laaghartig. (En ik? Die niet de moed had om Jardena een brief te schrijven en haar om vergeving te vragen voor het gluren?) Ik moet eens aan brigadier Dunlop vragen hoe je 'verrader' en 'laaghartig' in het Engels zegt en of er bij hen ook een verband bestaat tussen verraad en kleding en tussen laaghartigheid en laagwater.

Maar zou ik hem nog zien?

Terwijl ik me deze vraag stelde, begon ik naar hem te verlangen. Natuurlijk, ik vergat geen moment dat hij behoorde tot de vijandelijke troepen, maar hij was geen persoonlijke vijand, al was hij wel persoonlijk. Van mij.

Nu kan ik het niet langer voor me uitschuiven. Ik zal vertellen over brigadier Dunlop en over wat er tussen ons was. Ook al aarzel ik.

ZES

Drie of vier keer per week ontmoetten hij en ik elkaar in het geheim in de achterkamer van café-restaurant Orient Palace, dat 'Paleis van het Oosten' betekent. Dit paleis van het oosten was in werkelijkheid een gammele barak van golfplaten, helemaal overwoekerd, als een jungle, door een struikgewas van passiebloemranken, in een steegje ten westen van de kazerne. In de voorkamer stond een biljart, overtrokken met groen fluweel, en daaromheen stond altijd een bezweet gezelschap van Engelse soldaten en politiemannen met een stel Jeruzalemse jongens in gestreken overhemden met stropdas, joden, Arabieren, Grieken en Armeniërs, met gouden ringen en gepommadeerde haren, en ook een paar meisjes die zweefden op wolken van parfum. In die kamer bleef ik nooit stilstaan: ik was me er maar al te goed van bewust dat ik hier in functie was. Nooit gluurde ik in het voorbijgaan naar het meisje achter de tap. Iedereen die tegen haar sprak, probeerde haar aan het lachen te maken, en vrijwel niemand slaagde erin. Ze had de gewoonte zich voorover te buigen als ze een glas schuimend bier naar de voorkant van de bar schoof, en als ze dat deed, opende zich een diepe kloof boven aan haar jurk en er waren mensen die het misschien moeilijk vonden om niet te kijken, maar ik wierp er nooit een blik op.

Ik liep altijd snel de voorkamer door, die vol was met gelach en rook, en ging naar de achterkamer, waar het rustiger was en waar maar vier of vijf tafeltjes stonden, bedekt met gebloemde zeiltjes, en waar een afbeelding hing van een verwoeste Griekse tempel. Hier zaten soms jonge heren die triktrak speelden, en soms een paar stelletjes, jongen en meisje, dicht tegen elkaar aan, maar in tegenstelling tot de voorkamer ging alles hier op fluistertoon. Ook naar deze stelletjes keek ik nooit. Brigadier Dunlop en ik zaten meestal een of anderhalf uur aan de hoektafel, voor ons lagen een open bijbel, een zakwoordenboek, Engelse leesboekjes voor beginners. Nu er inmiddels meer dan vijfenveertig jaar verstreken is en Groot-Brittannië geen vijand meer is en de Hebreeuwse staat allang bestaat, nu Ben-Choer Tikoetsjinski de heer Benny Takin heet en een hotelketen bezit, en Tsjita Reznik de kost verdient met het repareren van zonneboilers, en ik nog steeds woorden najaag en alles op zijn plaats zet, nu schrijf ik: ik heb geen geheimen onthuld aan Stephen Dunlop. Nog niet het kleinste geheimpje. Zelfs hoe ik heette heb ik hem niet verteld. Tot het eind toe. Al met al las ik met hem de Bijbel in het Hebreeuws en leerde ik hem nieuwe woorden die niet in de Bijbel stonden, en hij hielp mij, in ruil daarvoor, met het leren van de eerste beginselen van het Engels. Hij was een bedremmelde man, en was naar eigen zeggen ook eenzaam (in zijn Bijbels Hebreeuws: 'een verlatene'). Hij was groot en breed, roze, sponzig, een beetje roddelziek, en hij bloosde vaak. Zelfs zijn benen in zijn korte broek waren mollig, zonder één haartje, met zachte huidplooien, zoals je ziet bij de beentjes van een baby voordat hij heeft leren lopen.

Uit zijn stad, Canterbury, had brigadier Dunlop een soort Hebreeuws meegenomen dat hij geleerd had van zijn oom de predikant. (Ook zijn broer, Jeremiah Dunlop, was predikant, bij de zendingspost in Maleisië.) Het was een zacht, kraakbenig soort Hebreeuws, alsof het geen botten had. Vrienden had hij niet, naar eigen zeggen. ('En evenmin vijanden en tegenstanders,' voegde hij er ongevraagd aan toe.) Hij was in dienst bij de Engelse politie in Jeruzalem als boekhouder en betaalmeester. Soms, in perioden van spanning, werd hij erop uitgestuurd om gedurende een halve nacht een of ander regeringsgebouw te bewaken of identiteitsbewijzen te controleren bij een wegversperring. Al die bijzonderheden legde ik vast in mijn geheugen op het moment dat ze zijn mond verlieten. 's Avonds, thuis, schreef ik alles op in een notitieboekje om met dit materiaal de generale staf van de organisatie vos te verrijken. Brigadier Dunlop had er soms plezier in om onbeduidende roddels te verspreiden over zijn vrienden en over de dienstdoende officieren, wie er gierig was, wie er behaagziek was, wie er een hielenlikker was, wie van scheerlotion was veranderd en wie van de leiding van de geheime politie speciale antiroosshampoo nodig had. Van al die dingen moest hij altijd even giechelen, waarover hij zich vervolgens schaamde, en toch kon hij er moeilijk mee stoppen: Major Bentley had een zilveren armband gekocht voor de secretaresse van Colonel Parker. Lady Nolan had een andere kok genomen. Mrs. Sherwood verliet vol weerzin elke kamer waar Captain Boulder binnenkwam.

Ik knikte altijd beleefd en grifte alles in mijn geheugen. En intussen liep mijn hart daar rond op kousenvoeten, op zijn tenen, een bedelaar tussen hertogen en graven, sloop met wijd opengesperde ogen van verwondering naar de hoge kamers met de kroonluchters, met de mahoniehouten plafonds, waar Captain Boulder binnentrad en doorheen liep als een man die zich thuisvoelde, terwijl de mooie

Mrs. Sherwood wegglipte en zich voor hem verborgen hield in andere zalen.

Behalve de taal der profeten kende brigadier Dunlop ook Latijn en een beetje Grieks en in zijn vrije uurtjes leerde hij zichzelf literair Arabisch ('opdat aan de drempel van mijn hart alle zonen van Noach zullen staan, Sem, Cham en Jafet, zoals vóór de generatie van de Toren van Babel'). In plaats van Cham zei hij Ham, en ik onderdrukte een lachje, en hij merkte dat op en vergaf mij met de woorden: 'Ik zal het op mijn eigen wijze uitspreken.' Ik kon me niet inhouden en vertelde dat mijn vader ook Grieks en Latijn kende en nog meer talen. Daarna kreeg ik spijt en schaamde ik me, want het was absoluut verboden hun zelfs de meest onschuldige inlichtingen door te spelen: je kon nooit weten wat ze eraan zouden kunnen hebben. De Britten konden immers ook openbare informatie combineren met andere openbare informatie, en daar geheime informatie aan ontlenen die hun van dienst zou kunnen zijn ten nadele van ons.

Ik moet vertellen hoe we elkaar leerden kennen, brigadier Dunlop en ik. We ontmoetten elkaar als twee vijanden. Achtervolger en achtervolgde. Politieman en Ondergrondse-strijder.

ZEVEN

Op een dag, kort voordat het donker werd, aan het begin van de grote vakantie, was ik er tegen de avond alleen op uitgegaan om in de grotten achter de wijk Sanhedria schuilplaatsen te zoeken en te markeren. Bij mijn onderzoek ontdekte ik dat er van een van de grotten een zijgangetje aftakte, dat bijna helemaal afgesloten was door een hoop stenen en aarde. Toen ik er oppervlakkig in groef, vond ik al vier hulzen van geweerkogels, en ik besloot dat het mijn plicht was door te gaan met graven. Toen de duisternis viel en er diep uit de grot een kilte naar me opsteeg als de aanraking van de vingers van een dode, ging ik weg. En toen bleek het al helemaal donker te zijn. De avondklok had de straten leeggemaakt. Mijn verschrikte hart begon in mijn borst tekeer te gaan alsof het zo snel mogelijk een holletje achter zich wilde graven om zich daarin te verstoppen.

Ik besloot naar huis te sluipen via de route van de achtertuintjes: sinds het begin van de lente had de Organisatie vos een netwerk van doorgangen tussen de tuinen gebaand. Volgens een richtlijn die ik van Ben-Choer gekregen had en die ik na een gedetailleerde uitwerking bij wijze van bevel had overgedragen aan Tsjita Reznik, had Tsjita paden aangelegd van houten planken, stenen, kisten en touwen, om doorgangen te maken tussen punten van vitaal belang. Zo konden we omheiningen passeren en aanvals- en ontsnappingsroutes creëren in het struikgewas van de achtertuintjes en -plaatsjes.

Dichtbij klonk plotseling één schot. Een echt schot: scherp. Angstaanjagend. Verscheurend.

Door angstzweet smolt mijn bloes aan mijn huid vast. En als een trommel van wildemannen weerklonk het kloppen van het bloed in mijn hoofd, in mijn hals. Hijgend en dodelijk verschrikt begon ik te rennen als een voorovergebogen aap, ik doorkruiste tuinen en struiken, schramde mijn knieën, stootte mijn schouder tegen een stenen muur, bleef met de omslag van mijn broek haken achter de spijl van een hek, maar bleef niet stilstaan om hem los te maken: als een hagedis die zijn staart achterlaat, trok ik mezelf los, waarbij ik in de klauwen van het hek een stuk stof en een flintertje gescheurde huid achterliet.

Toen ik aanstormde uit de richting van de achtertrap van het postkantoor, waarvan de duistere ramen betralied waren, en op het punt stond met een schuine sprong de Tsefanjastraat over te steken, werden mijn ogen plotseling getroffen door een verblindende lichtbundel, en op hetzelfde moment trof iets zachts en vochtigs, iets kouds, een soort kikkeraanraking, mijn rug, betastte me boven aan mijn bloes en kroop omhoog in mijn haar. Ik versteende. Als een konijn in de fractie van een seconde waarin de klauwen van het roofdier hem vastgrijpen. De hand die mijn haren vastgreep, was niet zwaar maar breed, week, een weekdierhand. Net als de stem achter de verblindende lichtbundel van de zaklamp: niet het gewone Britse wolvengeblaf, maar één vloeibare, papperige lettergreep: 'Halt!' En meteen daarna, in schoolmeesters-Hebreeuws maar met een rond Engels accent: 'Waarheen gaat gij?'

Het was een logge, wat slappe Britse agent. Op elk van zijn schouders glinsterde een metalen plaatje met zijn identificatienummer. Zijn pet was opzij gezakt. Hij en ik hijgden als bezetenen van het rennen; het leek alsof we kreetjes slaakten. Zijn gezicht was net als het mijne volkomen bezweet. Hij droeg een korte kakibroek die tot aan zijn knieën reikte en kakikousen die eveneens, van onderaf, tot aan zijn knieën kwamen. Tussen kaki en kaki lichtten zijn knieën wit op in het donker, ze zagen er mollig en zacht uit.

'Please sir,' zei ik in de taal van de vijand, 'please kindly sir, let me go home.' ('Vriendelijk alstublieft meneer, laat me naar huis gaan.')

Daarop antwoordde hij mij weer in het Hebreeuws. Zij het in een Hebreeuws dat niet van ons was. Hij zei: 'Opdat de jongeling niet verdwale in de duisternis.'

Toen zei hij dat hij me tot aan de huisdeur zou brengen, en dat ik hem de weg moest wijzen.

Eigenlijk was het verboden om dat te doen, omdat de richtlijn was om al hun bevelen te negeren en daarmee zand te strooien in de raderen van het repressieve bewind. Maar wat had ik voor keus? Zijn hand lag op mijn schouder. Tot die avond had ik nog nooit van mijn leven een Engelsman aangeraakt en had geen Engelsman mij ooit aangeraakt. In de kranten had ik veel gelezen over de Britse hand, zoals bijvoorbeeld: 'Trekt uw handen af van de overlevenden van de jodenvervolging.' 'Hak de kwaadaardige hand af die zich uitstrekt naar onze laatste hoop.' En ook: 'Vervloekt is de hand die de hand grijpt van onze onderdrukker.' En dan had je nog: 'Een reuzenhand kwaadaardig en zeker, een schertsende hand doet alles teniet,' uit het gedicht van de dichteres Rachel.

En nu bleek de hand die op mijn schouder rustte niet boosaardig en zeker, maar juist het tegendeel, wattig. Ik voelde schaamte, alsof ik door een meisje werd aangeraakt. (Ik was destijds de mening toegedaan dat wanneer een meisje een jongen aanraakte, de jongen in zijn eer werd aangetast. Als daarentegen een jongen een meisje aanraakte, beschouwde ik dat als een heldendaad die misschien alleen maar in een droom kon voorkomen. Of in de film. En als het in een droom gebeurde, kon je je dat maar beter niet herinneren.) Ik wilde de Brit vertellen dat hij mijn nek moest loslaten, maar ik wist niet hoe. En ik wilde het ook niet echt, want de straat was leeg en kwaadaardig, de huizen stonden er duister bij, met gesloten luiken, als gezonken schepen. De zwarte lucht was geladen met iets ondoordringbaars, iets wat snode plannen fluisterde. De dikke Engelse agent verlichtte de weg met zijn zaklamp en het leek net alsof de lichtbundel die de weg baande op de stoep voor onze voeten, ons een beetje beschermde voor het kwaad dat zich uitstrekte over de lege stad. Hij zei: 'Zie, ik ben mijnheer Stephen Dunlop. Een Engelse man ben ik die zal geven al het goed van zijn huis in de taal der profeten en wiens hart in gevangenschap is van het uitverkoren volk.'

'Thank you kindly, sir,' zei ik zoals ik geleerd had met Engelse les, en meteen schaamde ik me daarover en ik was blij dat niemand erachter zou komen. En ik schaamde me ook een beetje omdat ik er niet aan gedacht had dat je de eerste klank van 'Thank you' zo moest uitspreken dat het puntje van je tong tussen je tanden door gluurde, zodat het die speciale Engelse klank tussen t en s opleverde. Tot mijn schande had ik 'thank' uitgesproken zoals je 'tank' zei.

'Mijn huis is in de stad Canterbury, mijn hart in de heilige stad en weldra zullen mijn dagen in Jeruzalem ten einde spoeden en zal ik een hoofd opwerpen en wederkeren naar mijn land gelijk ik gekomen ben.'

Tegen mijn geweten, tegen mijn principes, tegen mijn beste weten in, kreeg ik plotseling een beetje sympathie voor hem. (Moest je zo'n Britse agent, die ons steunde ondanks het feit dat dat tegen de bevelen van hun koning inging, nu beschouwen als een verrader?) In drie gedichten die ik geschreven had over mijn held koning David en die ik alleen aan Jardena had laten zien, had ik er ook voor gekozen verheven woorden te gebruiken. Eigenlijk had hij groot geluk, deze brigadier, dat hij 's avonds op straat mij had aangetroffen en niet Ben-Choer of Tsjita: bij hen had zijn bloemrijke Hebreeuws alleen maar spot opgewekt. Maar toch fluisterde een nuchtere innerlijke stem mij in: je kunt maar beter een beetje voor hen op je hoede zijn. Wees geen lichtgelovige dwaas. Hebben we niet al bij meneer Zeroebavel Gichon geleerd: 'Zij voeren een hoog woord en zeven gruwelen zijn in hun hart.' En ook: 'vol bedrukking en bedrog', en natuurlijk: 'Hun handen zijn vol bloed', en: 'Ze doen de daden van Zimri en ontvangen het loon van Pinchas.' En dan was er papa's vaste uitdrukking, de uitdrukking van de pamfletten die papa in het Engels voor de Ondergrondse schreef: 'het perfide Albion'.

Ik schaam me dit op te schrijven, maar ik zal het toch niet verhullen: ik had gemakkelijk kunnen ontsnappen. Ik had me met een sprong kunnen bevrijden en kunnen verdwijnen in een van de tuintjes. De agent was log, verstrooid, hij leek wel een beetje op mijn leraar, meneer Gichon: warrig maar met goede bedoelingen. Zelfs op de flauwe helling van de Tsefanjastraat hijgde en piepte hij. (Later hoorde ik dat hij aan astma leed.) En niet alleen dat ik had kunnen ontsnappen: als ik echt een panter in de kelder was geweest, dan had ik zonder enig probleem zijn pistool kunnen afpakken, dat niet op de juiste plaats, op zijn heup, hing, maar langs zijn riem naar zijn zitvlak was gegleden, waar het heen en weer schommelde en de brigadier een tikje gaf bij elke stap die hij deed, als een deur die niet goed dichtzit. Het was duidelijk mijn plicht het pistool af te pakken en ervandoor te gaan. Of het op hem te richten, precies op de plek in het midden, tussen de ogen (ik had de indruk dat hij ook bijziend was), en hem in het Engels toe te schreeuwen: 'Hands up!' of beter nog: 'Don't move!' (Gary Cooper, Clark Gable, Humphrey Bogart. Stuk voor stuk zouden ze moeiteloos in hun eentje vijftig vijanden van dons zoals deze brigadier kunnen verslaan.) Maar in plaats van hem te overmeesteren en voor ons volk een pistool te veroveren dat kostbaarder was dan goud, moest ik bekennen dat ik het plotseling een beetje jammer vond dat de weg naar huis niet wat langer was. En tegelijkertijd voelde ik dat het een schande was om dat gevoel te hebben en dat ik me moest schamen voor dit gevoel. En ik schaamde me ook echt.

De brigadier zei met zijn sponzige accent: 'In het boek van de profeet Samuël staat geschreven: "en het jongsken was zeer jong". Vrees toch geen kwaad. Een vreemdeling die Israël liefheeft ben ik.'

Ik dacht na over deze woorden. Ik kwam tot de conclusie dat het mijn plicht was hem ronduit de simpele waarheid te zeggen, namens mijzelf en namens het volk. En zo zei ik: 'Don't angry on me please sir. We are enimies until you give back our land.' ('Wij zijn vijanden totdat jullie ons land teruggeven.')

En als hij mij zou arresteren vanwege deze gewaagde woorden? Dat geeft niets, dacht ik. Ze zullen ons geen angst aanjagen in hun gevangenissen en aan hun galgen en op hun schavotten. In mezelf herhaalde ik de regels die Ben-Choer Tikoetsjinski ons geleerd had in de vergadering van de generale staf: vier methoden om een verhoor met marteling te doorstaan zonder door te slaan.

In het donker voelde ik hoe de glimlach van brigadier Dunlop mijn gezicht betastte, als de likkende tong van een logge, goedgehumeurde hond: 'Spoedig zullen alle inwoners van Jeruzalem rust kennen. Er zal vrede zijn binnen haar muur, rust in haar burchten. En er zal geen vijand zijn en niemand die u opschrikt binnen de poorten van deze stad. Volgens de Engelse uitspraak, jonge man, zegt men *enemies* en niet *enimies*. Zijt gij willig dat wij weder elkanders aangezicht zien en tezamen de een den ander zijn taal leren? En wat is uw naam, jonge man?'

Bliksemsnel, koel en helder, overwoog ik mijn situatie van alle kanten. Van papa had ik geleerd dat een verstandig man in een moment van beproeving alle gegevens die hem ter beschikking stonden, diende te rangschikken in een allesomvattend schema, logisch onderscheid moest maken tussen het mogelijke en het noodzakelijke, altijd kalm de wegen die voor hem openlagen met elkaar moest vergelijken, en pas dan zou hij het kleinste van alle kwaden kunnen kiezen. (Papa gebruikte vaak de woorden 'beslist', 'overduidelijk', 'logisch', en ook 'oprecht'.) Toen herinnerde ik me de nacht van het van boord halen van de illegale immigranten: hoe de helden van de Ondergrondse de overlevenden van de jodenvervolging op hun rug van het schip gehaald hadden dat met zijn voorsteven tot aan het strand in het lage water stak. Hoe ze op het strand omsingeld waren door een voltallige Britse brigade. Hoe de helden van de Ondergrondse hun identiteitsbewijzen hadden vernietigd en zich onder de immigranten hadden gemengd, opdat de Brit niet wist wie een inwoner van het land was en wie uitgewezen diende te worden als illegale immigrant. Hoe de Engelsen iedereen hadden omgeven met rollen prikkeldraad en ieder afzonderlijk hadden ondervraagd: hoe hij heette, wat zijn adres was, zijn beroep, en op alle vragen van de ondervragers hadden ze allemaal, immigranten en strijders van de Ondergrondse, hetzelfde trotse antwoord gegeven: 'Ik ben een jood uit het land Israël.'

Ter plekke besloot ik dat ook ik hun mijn naam niet zou onthullen. Zelfs niet tijdens een verhoor met marteling. Tegelijkertijd verkoos ik, uit tactische overwegingen, in dit stadium te doen alsof ik zijn vraag niet had begrepen. De brigadier vroeg nogmaals timide: 'Indien gij willig zijt, zullen wij van tijd tot tijd tezamen zijn in café Orient Palace, in mijn vrije uren ben ik daar, uit uw mond zal ik Hebreeuws leren en ik zal u dat vergelden met een Engelse les. De naam is mijnheer Stephen Dunlop. En gij, mijn jonge man?'

'Ik ben Profi.' En meteen voegde ik er fluisterend aan toe: 'Een jood uit het land Israël.'

Wat kon het me schelen? Profi was maar een bijnaam. In de film *De donderslag* met Olivia de Havilland en Humphrey Bogart werd Humphrey Bogart krijgsgevangen gemaakt door de vijand. Gewond, haveloos, ongeschoren, een straaltje bloed uit zijn mondhoek, stond hij voor zijn ondervragers met een flauwe glimlach, een milde en tegelijk spottende glimlach. Zijn koele beleefdheid drukte een subtiele minachting uit die zijn laaghartige gevangennemers niet bevatten en niet zouden kunnen bevatten.

Ook brigadier Dunlop bevatte misschien niet waarom ik 'een jood uit het land Israël' zei in plaats van hem te vertellen hoe ik heette. Maar hij ging er niet over in discussie. Zijn zachte hand ging even van mijn rug naar mijn nek, gaf me twee zachte klopjes, en rustte vervolgens weer op mijn schouder. Heel soms legde papa een hand op mijn schouder. Bij papa wilde dat zeggen: denk nog eens na, overdenk het nog eens logisch, inderdaad, en wees zo goed van gedachten te veranderen. Terwijl de hand van brigadier Dunlop mij, zo ongeveer, zei dat je in zo'n duisternis toch maar beter met zijn tweeën kon zijn, ook al was je dan twee vijanden.

Papa zei over de Britten: 'Arrogante bezetters, die zich overal gedragen alsof ze heer en meester over de wereld zijn.' Mama zei een keer: "'t Zijn toch eigenlijk nog maar jongens, die zwelgen in bier en heimwee. Ze hongeren naar een vrouw en naar vrijheid.' (Ik wist half en half wat het betekende om te hongeren naar een vrouw. Ik vond dat geen enkele reden om medelijden met hen te hebben of hen te vergeven. En zeker ook geen reden om de vrouwen te vergeven. Integendeel.)

Onder de lantaren op de hoek van de Tsefanjastraat en de Amosstraat stonden we stil omdat de agent geen lucht meer had. Hij kwam weer op adem met zijn politiepet boven zijn gezicht dat glinsterde van het zweet. Plotseling zette hij de pet op mijn hoofd, grinnikte en zette hem weer op zijn eigen hoofd. Even leek hij op een rubberpoppetje dat zowel in de breedte als in de dikte was opgeblazen. Het woord 'bezetter' paste helemaal niet bij hem. En toch vergat ik niet dat het volstrekt verboden was geen bezetter in hem te zien.

Hij zei: 'Ik was wat verkort in mijn adem.'

Meteen zag ik mijn kans schoon om hem zijn verbetering van mijn *enimies* in *enemies* betaald te zetten. Ik zei in het Hebreeuws: 'U was kortademig, meneer. Je zegt niet: "ik was verkort in mijn adem".'

Hij haalde zijn hand van mijn schouder, trok een geruite zakdoek tevoorschijn en veegde het zweet van zijn voorhoofd. Dat was precies het moment om te ontsnappen. Of om zijn pistool af te pakken. Waarom bleef ik daar zo sullig staan, in de lege, stille avond, op de hoek van de Tsefanjastraat en de Amosstraat, en bleef ik op hem wachten, alsof ik een of andere verstrooide oom had op wie ik moest passen om te zorgen dat hij de weg niet kwijt zou raken? Waarom had ik op dat moment, toen de brigadier 'wat verkort in zijn adem' was, wel weg willen rennen om een glas water voor hem te halen? Als verraad te herkennen is aan een gevoel van verzuring van de geest en verontreiniging van de tanden, zoals wanneer je op de schil van een citroen kauwt, of op zeep, zoals een krijtje dat krast op het bord, dan was ik op dat moment misschien al een beetje een verrader. Al valt niet te ontkennen dat er ook een soort heimelijke zoetheid aan te pas kwam. Nu ik dit verhaal opschrijf, en er al meer dan vijfenveertig jaar verstreken is, en de Hebreeuwse staat bestaat en keer op keer zijn vijanden heeft verslagen, voel ik nog steeds de behoefte om dat moment over te slaan.

En aan de andere kant: verlangen.

Ik heb hier en elders al geschreven dat alles minstens twee kanten heeft (behalve de schaduw). Ik herinner me met verwondering: op dat zonderlinge moment waren we omgeven door een diepe duisternis, een eilandje van uitgeknepen licht trilde onder de zaklamp in de handen van de agent, en er was een angstaanjagende leegte en een heleboel onrustige schaduwen. Maar brigadier Dunlop en ik waren geen schaduw. En ook mijn niet-ontsnappen was niet-ontsnappen en geen schaduw. Net als het niet-stelen van het pistool. Op dat moment rijpte er een beslissing, alsof er een belletje in mij rinkelde:

Juist wel.

Beslist.

En op moedige wijze.

Ik zou zijn voorstel aannemen.

Ik zou met hem afspreken in Orient Palace en zo, onder de dekmantel van Hebreeuwse en Engelse privéles, zou ik hem op sluwe wijze vitale geheime details ontfutselen over voorbereidingen van de bezettingstroepen en over de snode plannen van het bewind van de onderdrukker. Op die manier zou ik de Ondergrondse duizendmaal meer nut bewijzen dan door te ontsnappen en zelfs dan door een pistool te stelen. Van nu af was ik een spion. Een mol. Een geheim agent vermomd als een jongen die geïnteresseerd was in de Engelse taal. Vanaf dit moment zou ik een schaker zijn.

ACHT

Voor de deur zei papa in zijn trage Engels, waarin de Russi-
sche r weerklonk die leek op het schuren van rolschaatsen
over een oneffen stoep: 'Dank u wel, meneer de agent, dat u
ons het verloren schaap hebt terugbezorgd. We waren al
ongerust. Vooral mevrouw. Wij waarderen het beslist.'

'Papa,' fluisterde ik, 'hij is oké. Hij houdt van ons volk.
Geef hem een glas water en denk eraan, hij begrijpt Hebreeuws.'

Papa hoorde het niet. Of hij hoorde het wel en besloot het
te negeren. Hij zei: 'En wat betreft de kwajongen, meneer,
geen zorg, wij zullen hem een lesje leren. Nogmaals bedankt. And goodbye, of sjalom, zoals wij joden al duizenden jaren plegen te zeggen en wat wij nog steeds letterlijk
menen, ondanks alles wat ons is aangedaan.'

Brigadier Dunlop antwoordde in het Engels, en ging halverwege over op Hebreeuws: 'De jongeman en ik hebben
een praatje gemaakt onderweg. Een aardige, verstandige
jongeman. Wees niet te streng tegen hem. Met uw toestemming zal ook ik gebruikmaken van het Hebreeuwse woord
sjalom. Sjalom sjalom voor nu en straks.' En plotseling
boog hij zich naar mij over en reikte me zijn mollige hand
waaraan mijn schouder al gewend was en waarnaar hij bijna weer verlangde. En hij voegde er fluisterend en knip-
ogend aan toe: 'Orient Palace. Morgen zes uur.'

Ik zei sjalom. Bedankt. En ik gaf mezelf ervan langs:

schande, hellenist, slaaf, lafaard, pluimstrijker, laaghartige, waarom zeg je verdomme bedankt tegen hem? Een golf van eigenwaarde overspoelde mij plotseling, een beetje zoals het slokje cognac dat ik één keer van papa had mogen drinken om me voor de rest van mijn leven de lust te ontnemen. Alles wat mij geleerd was over de generaties van vernederde joden, en ook Humphrey Bogart, de trotse krijgsgevangene, alles balde zich samen in mijn keel, en ik hield mijn tot een vuist gebalde vingers diep in mijn zak tegen. De hand van de vijand liet ik verwonderd in de lucht hangen, totdat hij gedwongen was te capituleren, de handdruk achterwege te laten en er een slap soort gewuif van te maken. Hij boog zijn hoofd en vertrok, en ik redde mijn eer. Waarom voelde ik opnieuw de smaak van verraad in mijn mond, alsof ik zeep had gegeten?

NEGEN

Papa deed de deur dicht. Nog terwijl hij in de gang stond, zei hij tegen mama: 'Wil jij je er even niet mee bemoeien, alsjeblieft.'

En mij vroeg hij kalm: 'Wat heb je te zeggen?'

'Ik was te laat. Het spijt me. De avondklok was al ingegaan. Die politieman heeft me opgepakt toen ik al op weg naar huis was.'

'Je was te laat. Waarom was je te laat?'

'Ik was te laat. Het spijt me.'

'Mij ook,' zei papa bedroefd, en hij voegde eraan toe: 'Inderdaad ja. Mij spijt het ook.'

Mama zei: 'In Haifa is iets gebeurd. Een jongen van jouw leeftijd kwam niet terug met de avondklok. De Engelsen hebben hem opgepakt, hem beschuldigd van het aanplakken van affiches, en hem veroordeeld tot vijftien zweepslagen. Na twee dagen vonden zijn ouders hem in een of ander Arabisch ziekenhuis, en zijn rug was in een toestand waarover ik het niet eens wil hebben.'

Papa zei: 'Laat me nou nog even begaan, jij, alsjeblieft.'

En tegen mij zei hij: 'Inderdaad ja. Wil je zo goed zijn het volgende in je oren te knopen: tot het eind van deze week kom jij je kamer niet af behalve om je te wassen en naar de wc te gaan. En dat houdt ook in het eten van de maaltijden in afzondering. Zodat je een overvloed aan vrije tijd hebt om oprecht na te denken zowel over wat er gebeurd is als over wat er had kunnen gebeuren. Daarnaast zal meneer te kampen krijgen met een financiële crisis, want zijn zakgeld zal ingehouden worden tot 1 september. Daarnaast zijn het aquarium en het uitstapje naar Talpiot definitief van de baan. Wacht. We zijn nog niet klaar. Het doven van de leeslamp 's avonds zal deze week vervroegd worden van kwart over tien naar negen uur. Zijne excellentie begrijpt ongetwijfeld wat het verband is: zo kun je je koers in het donker uitzetten. Het is reeds overduidelijk bewezen dat een logisch denkend mens in het donker veel nauwkeuriger rekenschap aflegt aan zichzelf dan in het licht. Dat is alles. Wil meneer zo goed zijn terstond te verdwijnen naar zijn kamer. Inderdaad. Zonder avondmaal. En jou verzoek ik nogmaals, bemoei je hier niet mee: het is een zaak tussen hem en mij.'

Nadat mijn kamerarrest was opgeheven, stelde ik Ben-Choer voor een stafbespreking te houden in het hoofd-kwartier van de Organisatie vos in de schuilplaats in het bos van Tel Arza. Zonder in details te treden rapporteerde ik hem dat ik een informatiebron van vitaal belang had ont-dekt en ik vroeg permissie om een spionageoperatie te be-ginnen. Tsjita Reznik zei: 'Oho!'

Ben-Choer wierp op zijn beurt Tsjita een scherpe, vos-achtige blik toe, zei geen ja en geen nee en keek me zelfs niet aan. Ten slotte sprak hij tegen zijn vingernagels: 'De ge-nerale staf zal voortdurend in beeld blijven.'

Die woorden vatte ik op als officiële toestemming om de operatie te beginnen. Ik zei: 'Uiteraard. Maar alleen als er een beeld is.' En ik bracht hun in herinnering dat in de film *Panter in de kelder* Tyrone Power ook de vrije hand kreeg om in de mist te verdwijnen en geheel naar eigen goeddun-ken identiteiten aan te nemen en af te werpen. Tsjita zei: 'Klopt. Hij verandert in een diamantsmokkelaar en daarna in een circusdirecteur.'

'Circus,' zei Ben-Choer, 'dat past wel bij Profi. Panter in de kelder minder.'

Ik vermoedde niet dat ik gevolgd zou worden. Dat de Eenheid Interne Veiligheid dezelfde dag nog aan de slag zou gaan: Ben-Choer hield er niet van iets niet te weten. Ben-Choer had een soort dorst in zich die niet te lessen viel. In zijn gezicht, in zijn bewegingen, in zijn stem lag een dorstige trek. Zo waren we in de pauzes van voetbalwedstrijden (hij was rechtsvoor, ik was commentator) altijd verbijsterd als we zagen hoe Ben-Choer achter elkaar zes of zeven glazen limonade dronk en daarna nog uit de kraan slurpte en er dan nog steeds uitzag alsof hij dorst had. Altijd. Ik heb daar geen verklaring voor. Kortgeleden kwam ik hem tegen terwijl we wachtten op een vlucht van El Al, in een donker zakenkostuum, met schoenen van krokodillenleer, een chique regenjas opgevouwen over zijn arm, op zijn reistas met riem stond in zilverkleurige Latijnse letters het woord 'Patent', hij heet allang niet meer Ben-Choer Tikoetsjinski maar de heer Benny Takin, en hij bezit een hotelketen, maar nog steeds zag hij eruit alsof hij dorst had.

Dorst naar wat? Niemand weet het.

Misschien zijn zulke mensen er wel toe veroordeeld hun hele leven rond te dolen in een innerlijke woestijn, dorre gele zandduinen, woestenij. Niet te doven met veel water, niet te overspoelen door rivieren. Nog steeds word ik, net als toen ik een kind was, een beetje gefascineerd door zulke mensen. Maar met het verstrijken van de jaren heb ik geleerd dat ik voor hen moet oppassen. Of niet voor hen maar voor de fascinatie voor hen.

ELF

Op vrijdagmiddag ging ik stiekem naar café Orient Palace, wat 'Paleis van het Oosten' betekent. Ik heb al geschreven dat dit paleis van het oosten geen paleis was maar een bouwvallige barak van golfplaten, die schuilging onder een struikgewas van passiebloemranken. En het lag ook niet in het oosten maar in het westen, in een van die steegjes waar oude Duitse huizen met gekromde schouders stonden, achter de kazerne, de kant van de wijk Romema op. Het waren dicht opeengepakte stenen huizen, met dikke muren, met boogramen, pannendaken, kelders, zolders, waterputten, tuinen die omsloten werden door een stenen muur in de schaduw van dikke bomen die op die tuinen een zacht, buitenlands licht lieten vallen, alsof je bij de grenspost was gekomen van een beloofd land waar in alle rust mensen zaten die een zorgeloos, stil leven leidden. En je mocht dat land alleen maar zien vanaf de overkant en zou er nooit mogen komen.

Op weg naar café Orient Palace koos ik een paar omwegen, achtertuinen, rotsachtige terreintjes, voor alle zekerheid nog een zuidwaartse omweg achter de Tachkemonischool langs. Van tijd tot tijd wierp ik snel een blik over mijn schouder om er zeker van te zijn dat ik inderdaad elke achtervolger van me afgeschud had. Ik wilde de weg ook langer maken omdat ik nooit de opvatting had geaccepteerd dat de rechte weg inderdaad de kortste weg was. Ik dacht bij mezelf: een rechte lijn? Nou en?

Tijdens mijn arrest, op mijn kamer, met de duisternis-straf, had ik inderdaad de logica gebruikt, zoals papa van me geëist had: ik had opnieuw elke stap overwogen, juist of verkeerd, die ik genomen had op de avond dat ik in handen van de Engelse politieman was gevallen. En ik was tot enkele conclusies gekomen. Ten eerste, het leed geen twijfel dat mama en papa gelijk hadden gehad wat betreft het feit dat ik te laat was. Ik had mezelf nodeloos in gevaar gebracht. Een verstandige Ondergrondse-strijder zou nooit verwikkeld raken in een confrontatie met de vijand als het niet zijn eigen initiatief was en hij er geen voordeel mee kon behalen. Elk contact tussen de vijand en de Ondergrondse waarbij het initiatief niet uitgegaan was van de Ondergrondse was in het voordeel van de vijand. En ik had mezelf zonder noodzaak in gevaar gebracht door in de grotten van Sanhedria te blijven tot na het begin van de avondklok, doordat ik had zitten dromen. Een ware Ondergrondse-man was verplicht zelfs zijn dromen te mobiliseren ten behoeve van het naderbij brengen van de overwinning. In een periode waarin het lot van het volk werd bepaald, waren dromen om de dromen misschien wel alleen aan meisjes toegestaan. Strijders moesten oppassen, vooral voor het dromen over Jardena, die bijna twintig was en nog steeds de meisjesachtige gewoonte had om de zoom van haar rok recht te trekken nadat ze was gaan zitten, alsof een knie een baby was die je heel secuur moest bedekken, niet te weinig om te voorkomen dat hij het te koud zou hebben en niet te veel om te voorkomen dat hij gebrek aan lucht zou krijgen. En haar klarinetspel: alsof de muziek niet uit de klarinet kwam maar regelrecht uit haarzelf, en alleen maar even door de klarinet heen ging en zoetheid en droefenis verzamelde en je meenam naar een stille, waarachtige plaats, een plaats waar geen vijand was en geen strijd en waar alles vrij was van schaamte en verraad en verschoond van gedachten over verraad, en het geheel werd bedekt door een mantel van licht. (*Salma* ('mantel') was eigenlijk *simla* ('jurk') met gekruiste letters. Zoals ze haar knieën gekruist had. In die oranje rok.)

Genoeg, idioot, waar zit je verstand?

Wat was eigenlijk het verband tussen 'verstand' en 'verstaan'? 'Verstandig'? Of 'verstandhouding'? ('Die jongen,' zei Jardena, 'zou zijn moeder verkopen voor woordspelletjes.' En papa: 'De oude filosoof Cratylus zei al dat je van woorden geen muur kunt bouwen.')

Met dergelijke gedachten arriveerde ik bij Orient Palace en er was één stem die mij smeekte: draai je om en ga terug naar huis voordat je je hier in de nesten werkt, terwijl een andere stem spotte: laf kind, en een derde, die geen stem was maar meer op knijpen leek, zorgde dat ik naar binnen ging. En zo glipte ik naar binnen, terwijl ik de biljartspelers in de voorkamer negeerde en hoopte dat ze me niet zouden opmerken, en ik het verlangen van mijn vingers onderdrukte om even over het groene vilt van het biljart te wrijven. (Tot op de dag van vandaag kan ik moeilijk vilt zien zonder dat ik vreselijke zin krijg het aan te raken en te voelen hoe zacht het is.) Twee Engelse soldaten met rode baretten die wij 'anemonen' noemden, hun tommygun-machinepistolen over de schouder, fluisterden met het barmeisje, dat in de lach schoot, zich vooroverboog en de schuimende glazen bier aanreikte, én de grotopening van haar jurk, maar ik keurde haar geen blik waardig. Ik doorkruiste de rook en de lucht van intriges en bier en slaagde erin veilig naar de achterkamer te glippen. Achter in deze kamer, aan een ronde tafel met een gebloemd zeiltje, zag ik mijn man.

Hij zag er een beetje anders uit dan ik me hem herinnerde. Vreemder. En ernstiger. Britser. Hij zat daar gebogen over een boek, zijn dikke benen over elkaar geslagen in een gekreukeld en verfomfaaid uniform: een korte, wijde kaki-broek tot op zijn knieën en een gekreukt wijd overhemd (groenig kaki, in tegenstelling tot het zandachtige kaki van het merk Ata dat papa altijd droeg). Op zijn schouders glinsterden zijn politiecijfers, die ik toen, die eerste avond, al uit mijn hoofd geleerd had: vier vier zeven negen. Een makkelijk en prettig nummer. Ook ditmaal was zijn pistool naar zijn zitvlak gegleden, waar het bijna geplet werd tussen zijn rug en de stoelleuning. Voor hem op tafel zag ik een opengeslagen Hebreeuwse bijbel, en een woordenboek, en een glas gele priklimonade waar de prik al uit ontsnapt was, en nog twee boeken en een schrift en een verfrommelde zakdoek en een aangebroken pakje snoepjes. Hij keek naar mij op met een gezicht dat nu een weke, roze aanblik bood, alsof hij huid te veel had, en die huid had een niet meer zo verse tint, als zacht geworden vanille-ijs. Zijn politiepet, die die avond even op mijn hoofd had gerust, lag nu schuin op de hoek van de tafel en zag er veel gezaghebbender en officiëler uit dan brigadier Dunlop zelf. Zijn haar was bruin, heel fijn, en was door een kaarsrecht paadje precies midden op zijn hoofd gescheiden, als de waterscheiding waarover we met aardrijkskunde geleerd hadden. Uit zijn vage glimlach maakte ik op dat hij niet meer wist wie ik was.

'Dag brigadier Dunlop,' zei ik in het Hebreeuws.

Hij bleef glimlachen en begon daarbij een beetje met zijn ogen te knipperen.

'Ik ben het. Van de avondklok. Toen u mij aangehouden had op straat en naar huis had gebracht en vrijgelaten. U had mij voorgesteld, meneer, dat we elkaar Hebreeuws en Engels zouden leren. Daarom ben ik gekomen.'

Brigadier Dunlop bloosde en zei: 'O. Aha.'

Hij kon zich nog steeds niets herinneren. Daarom friste ik zijn geheugen op: 'Opdat de jongeling niet verdwale in de duisternis? Weet u niet meer, meneer? Ongeveer een week geleden? We zeggen *enemies* en niet *enimies*?'

'O. Aha. Voorwaar, gij zijt het. Ga toch zitten. En wat is uw wens ditmaal?'

'U had voorgesteld dat we samen zouden leren. Hebreeuws en Engels. Ik ben er klaar voor.'

'O. Gij hebt het waarlijk beloofd en zijt gekomen. Welzalig hij die blijft verwachten en bereikt.'

Zo begonnen onze lessen. Bij de tweede ontmoeting vond ik het al goed dat hij ook voor mij een glas prik bestelde, ook al mochten wij principieel niets van hen aannemen, niemendal. Maar ik had het heel goed overwogen en was tot de conclusie gekomen dat het mijn taak was zijn vertrouwen te winnen en alle argwaan bij hem weg te nemen, als ik erin wilde slagen de door ons gewenste informatie uit hem los te krijgen. Alleen om die reden dwong ik mezelf een paar slokjes te nemen van de priklimonade die hij voor me kocht en twee wafeltjes aan te nemen.

Samen lazen we een paar hoofdstukken uit het boek Samuël en het boek Koningen. We spraken erover in het Hebreeuws van onze tijd, dat brigadier Dunlop nauwelijks kende. De woorden voor 'hefboom', 'potlood', 'bloes' wekten bijvoorbeeld grote verbazing, omdat ze stamden van Bijbelse woorden. Terwijl ik weer van hem leerde dat er in de Engelse taal een tijd bestaat die het Hebreeuws niet kent, de *present continuous*, wat ongeveer 'voortdurende tegenwoordige tijd' betekent, een tijd waarbij elk werkwoord eindigt op een klank die lijkt op de aanraking van glas tegen glas: *ing*. En inderdaad hielp de klank van glas tegen glas mij die voortdurende Engelse tegenwoordige tijd te begrijpen, ik stelde me een licht tegen elkaar slaan van glazen voor, waardoor een ijl rinkelend tegenwoordige-tijdgeluid ontstond dat zich langzaam van je verwijderde, steeds zwakker en fijner werd, steeds meer oploste in de verten, een delicaat vloeiend geluid dat tot het eind toe aangenaam was om te beluisteren en je ertoe bracht je met niets anders bezig te houden totdat de klank vervaagd was, zich verwijderd had, verdampt en opgelost was. Het was werkelijk mooi en gepast om dit luisteren 'voortdurende tegenwoordige tijd' te noemen.

Toen ik brigadier Dunlop vertelde over de klank van het glas die mij hielp de voortdurende tegenwoordige tijd te bevatten, probeerde hij mij te prijzen, maar hij raakte in de war en er ontsnapten hem Engelse woorden die ik niet allemaal begreep, maar ik begreep plotseling wel dat hij het, precies zoals iedereen bij ons, veel makkelijker vond om ideeën en opvattingen te verwoorden dan een gevoel tot uitdrukking te brengen. Ook ik had op dat moment een gevoel (een mengeling van genegenheid en schaamte), maar ik legde dat het zwijgen op, want een vijand was een vijand en ik was geen meisje. (En zij? De meisjes? Wat was het in hen dat ons zo aansprak? Niet zoals glas op glas, meer als een streep licht op glas? En tot wanneer was het verboden? Totdat we volwassen zouden zijn? Totdat er geen enkele vijand meer over zou zijn?) Na de derde of vierde ontmoeting gaven we elkaar al een hand, omdat spionnen dat mochten en ook omdat ik erin geslaagd was brigadier Dunlop te leren wat het verschil was tussen de *sjwa mobile* – die je uitspreekt als een toonloze e – en de *sjwa quiescens* – die je niet uitspreekt. Ik was nooit leraar geweest en toch noemde brigadier Dunlop mij 'een voorbeeldig leraar', en ik was verrukt, maar ik zei tegen hem: u overdrijft, meneer, en ik vertelde hem wat het woord voor 'overdrijven' was, dat hij niet kende, want dat stond niet in de Bijbel. (Ook al komt er in de Bijbel een soort sprinkhaan voor, een 'knager', die in het Hebreeuws *gazam* heet: 'Wat de knager had overgelaten heeft de sprinkhaan afgevreten', en ik moet misschien toch eens uitzoeken of deze *gazam* enig verband houdt met het woord *goezma* ('overdrijving').)

Brigadier Dunlop was een geduldige, wat verstrooide leraar, maar als we van rol wisselden, veranderde hij in een ijverige, geconcentreerde leerling. Als hij Hebreeuws moest schrijven, stak zijn tong van inspanning een eindje uit zijn mondhoek, als bij een baby. Eén keer mompelde hij 'Christ', en meteen schrok hij, herstelde zich en zei in het Hebreeuws: 'Grote God.' Aan het eind van onze vierde ontmoeting had ik een speciale reden om hem de hand te schudden, en zelfs hartelijk, want ik was erin geslaagd hem informatie te ontfutselen die kostbaarder was dan goud: 'Nog voordat de zomer tot een einde gekomen zal zijn,' zei hij, 'zal ik terugkeren naar mijn geboorteland, want spoedig zullen de dagen van onze *unit* geteld zijn in Jeruzalem.' (*Unit*: 'legereenheid'. Dat wist ik. Maar ik hield me van den domme.)

Met een enthousiasme dat ik trachtte te verbergen achter een masker van beleefdheid, vroeg ik: 'En wat is die unit van u?'

'Politie van Jeruzalem. Afdeling Noord. Divisie negen. Spoedig zal de Engelsman uit het land vertrekken. Wij zijn reeds vermoeid geraakt. De dag van ons vertrek nadert.'

'Wanneer?'

'Wellicht omtrent deze tijd des levens.'

Wat een geluk, dacht ik, wat een godgegeven geluk dat ik hier ben, en niet Tsjita of Ben-Choer, die nooit begrepen zouden hebben dat 'omtrent deze tijd des levens' 'over precies een jaar' betekende. En zo de onthulling van een cruciaal militair geheim gemist zouden hebben. Ik moest deze informatie als de bliksem overbrengen aan het vos-hoofdkwartier en ook aan de echte Ondergrondse. (Maar hoe? Via papa? Of Jardena?) Mijn hart sprong in de kooi van mijn borst vrolijk op als een panter in de kelder: nooit van mijn leven had ik zo'n onmiskenbaar nuttige bijdrage geleverd en misschien zou ik dat ook nooit meer doen. En toch, bijna tegelijkertijd, verscheen tussen mijn tanden weer, zurig, misselijkmakend, de smaak van het laaghartige verraad: kippenvel veroorzakend als het krassen van een krijtje.

'En wat gaat er gebeuren, brigadier Dunlop, na het vertrek van de Britten?'

'Dat staat geschreven in het Goede Boek. De Here zei: "En ik zal deze stad beschutten om haar te verlossen. En er zal geen vijand en vreesaanjager komen binnen de poorten van deze stad. Er zullen weer oude mannen en vrouwen op de pleinen van Jeruzalem zitten en de pleinen der stad zullen vol zijn van jongens en meisjes, die daar spelen."'

Hoe had ik kunnen raden dat ik door deze ontmoetingen al onmiskenbaar verdacht was? Onderworpen aan de nauwkeurige naspeuringen van de Eenheid Interne Veiligheid van de generale staf van de Organisatie vos? Geen schijn van argwaan was er bij mij gerezen. Ik was ervan overtuigd geweest dat Ben-Choer en Tsjita tevreden waren met het vishaakje dat ik had uitgeworpen. Totdat op een ochtend Tsjita op bevel van Ben-Choer in dikke zwarte verf op de muur van ons huis de woorden had geschreven die ik in het begin van dit verhaal heb genoemd en die ik moeilijk kan herhalen. En tussen de middag had ik onder de deur een briefje gevonden: ik moest me melden in het bos van Tel Arza, om verhoord te worden, terecht te staan op beschuldiging van verraad. Ze zagen mij als een mes in de rug, niet als een panter in de kelder.

's Avonds laat, als het leeslampje uit was, lag ik te luisteren.
Buiten, aan de andere kant van de muur, begon een lege, sa-
menzwerende wereld. Zelfs de bekende tuin, onze tuin met
de granaatappelboom en het dorp van luciferdoosjes dat ik
eronder had gebouwd, was 's nachts niet van ons maar van
de avondklok en het kwaad. Door de tuinen bewogen in
het donker groepjes strijders op weg naar desperate acties.
Britse patrouilles zwierven, uitgerust met schijnwerpers en
speurhonden, door de verlaten straten. Spionnen, detecti-
ves en verraders hielden zich bezig met psychologische
oorlogsvoering. Spanden netten. Zonnen op sluwe val-
strikken. En de lege stoepen werden spookachtig verlicht
door lantarens omgeven door zomernevel. Voorbij onze
straat, buiten de wijk, vertakten zich nog veel meer verlaten
straten, steegjes, doorgangen, trappen, koepels, en overal
dwaalde de duisternis, die vol ogen was en doorboord werd
door hondengeblaf. Zelfs de dichtstbijzijnde rij huizen, tegenover ons huis, leek in de avondkloknachten van ons gescheiden door een rivier van diepe duisternis. Alsof de familie Dortsion en mevrouw Ostrowska, dokter Grippius,
Ben-Choer en zijn zuster Jardena, zich nu allemaal achter
de Donkere Bergen bevonden. En achter de Donkere Bergen lag nu ook het krantenstalletje Sjibolet en de kruidenierszaak van de gebroeders Sinopski, afgegrendeld door
een ijzeren luik met twee sloten. Ik voelde dat ik met mijn

vingertoppen de uitdrukking 'achter de Donkere Bergen' kon aanraken, alsof die gemaakt was van dik zwart vilt. Boven ons hoofd lag het dak van meneer Lazarus in diepe duisternis en de jonge kippen drukten zich tegen elkaar aan. Alle bergen rondom Jeruzalem waren donkere bergen in die nachten. En wat was er achter de bergen? Dorpen, gebouwd van steen, geconcentreerd rond minaretten. Lege dalen waarin de vos en de jakhals rondzwierven en waar soms een hyena voorbijschoot. Bloeddorstige bendes. En vertoornde geesten, dood sinds oeroude tijden – *mikadmat dena* in het Aramees. Tot op de dag van vandaag voel ik een huivering van angst door me heen gaan bij het horen van dergelijke Aramese uitdrukkingen: *kadmat dena* – 'oeroude tijden'. *Sitra achara* – 'de andere, duistere kant'. *Sjela me-alma haden* – 'niet van deze wereld'.

Klaarwakker en ineengekrompen lag ik daar, totdat de stilte zwaarder werd belast dan ze kon verdragen, dan kwamen er schoten die haar begonnen te doorboren. Soms was het een ver, eenzaam salvo, van de kant van Wadi Djoz of Isawia. Soms was het een messcherp schot, misschien uit Sjaich Djarrach. Of een staccatoachtig geratel van een machinegeweer uit een uithoek van Sanhedria. Waren wij het? Van de echte Ondergrondse? Onverschrokken, keiharde jongens die elkaar van dak naar dak signalen gaven met verduisterde zaklantarens? Ook gebeurde het wel eens dat er na middernacht een serie zware ontploffingen klonk uit het zuiden van de stad, uit de Duitse Kolonie of nog verder weg, uit het Ben-Hinnomdal of uit de wijk Aboe-Tor of uit de Allenby-kazerne of uit de heuvels van Mar-Elias, dat aan de weg naar Bethlehem lag. Een dof trillend gegrom rolde diep in de aarde onder het asfalt van de wegen en onder de funderingen van de gebouwen en liet de ruiten klappertanden

en uit de vloer van de kamer steeg de trilling van de ontplof-
fing op naar mijn bed en veroorzaakte een koude rilling.

De enige telefoon in de wijk was in de apotheek. Soms
had ik, laat in de nacht, het idee dat je drie straten verder
langdurig, smekend gebel kon horen, zonder dat er een le-
vende ziel was. En de dichtstbijzijnde radio was in het huis
van dokter Buster, zes huizenblokken naar het oosten: niets
zouden wij te weten komen totdat het ochtend werd. Ook
niet als de Britten op hun tenen Jeruzalem zouden verlaten
en ons aan ons lot zouden overlaten te midden van hordes
Arabieren. Ook niet als gewapende bendes van oproerkraaiers de stad zouden binnendringen. Ook niet als de
Ondergrondse het paleis van de Hoge Commissaris zou
veroveren.

Van de andere kant van de muur, van de kamer van mijn
ouders, ving ik alleen maar stilte op. Mama las misschien,
in haar ochtendjas, of maakte een bestellijst voor het kin-
dertehuis waar ze werkte. Papa bleef tot een uur, soms tot
twee uur zitten, zijn rug gebogen, zijn hoofd geïsoleerd in
de cirkel die uit de bureaulamp scheen, druk bezig met het
volschrijven van kaartjes met bijzonderheden die hij nodig
zou hebben voor het schrijven van zijn boek over de geschiedenis van de joden in Polen. Soms schreef hij met potlood een opmerking in de kantlijn van een van zijn boeken:
er zitten diverse aspecten aan. Of: dit kan ook anders geïn-
terpreteerd worden. Of zelfs: hier heeft de schrijver het onmiskenbaar bij het verkeerde eind. En soms boog hij zijn
gelijkhebbende, moede hoofd en fluisterde tegen een wille-
keurig boek op een van de planken: 'Ook deze zomer zal
voorbijgaan. En dan komt de winter. En het zal niet gemakkelijk zijn.' Mama reageerde dan: 'Zeg dat toch alsjeblieft
niet.' En papa: 'Waarom maak je niet een glas thee voor je-

zelf. Drink het op en ga dan slapen, je bent immers zo vreselijk moe.' In zijn stem was een aarzeling, een middernachte-
lijke zachtheid. Maar overdag sprak hij doorgaans als iemand die de waarheid in pacht heeft.

Op een dag gebeurde er een klein wonder: een van de kippen van meneer Lazarus legde eieren en broedde totdat er
vijf piepende kuikentjes uit kwamen. Terwijl we nooit een
haan hadden gezien. Mama uitte schertsend een veronderstelling, en papa berispte haar: 'Hou op. De jongen hoort
het.'

Meneer Lazarus weigerde de kuikentjes te verkopen. Hij
gaf ze elk een eigen naam. De hele dag liep hij rond op het
door de zon verschroeide dak, met een voortdurende uitdrukking van lichte verbazing op zijn gezicht, hij droeg een
nauw aansluitend jasje zonder mouwen dat 'vest' genoemd
werd, en om zijn nek hing een groene centimeter. Alleen bij
uitzondering knipte of naaide hij. Het grootste deel van de
tijd discussieerde hij in het Duits met zijn kippen, gaf de
kuikens standjes en vergaf ze vervolgens, strooide graan-
korrels, zong wiegeliedjes, verschoonde het zaagselbed,
boog zich voorover, drukte een uitverkoren kuikentje tegen zijn borst en bewoog het heen en weer alsof hij een
baby in slaap wiegde.

Papa zei: 'Als we toevallig wat brood over hebben, of een
kop soep...'

En mama: 'Ik heb het hem al gestuurd. De jongen heeft
het bij hem boven gebracht, en ook nog wat grutten van gisteren, en om hem niet te beledigen blijven we tegen hem
zeggen dat het voor de kippen is. Maar hoe zal het in de toe-
komst gaan?'

Daarop antwoordde papa: 'We moeten doen wat in onze
macht ligt, en hopen.'

Mama zei: 'Nu praat je weer net als de radio. Hou daar toch mee op. De jongen hoort het.'

We zaten elke avond met zijn drieën in de keuken, na het eten en na het ingaan van de avondklok, en speelden monopoly. Mama had de gewoonte een glas thee met haar vingers te omklemmen en daar warmte aan te onttrekken. Ook al was het zomer. En we sorteerden postzegels en plakten ze in een album. Papa vertelde graag allerlei wetenswaardigheden over elk land waar we kwamen met het inplakken van de postzegels. Mama dompelde de afgescheurde stukken van de enveloppen in water om de lijm op te lossen en de postzegel los te weken van de envelop. Na twintig minuten viste ik uit de schaal met water de postzegels die zich bevrijd hadden en legde ze neer, met hun gezicht naar beneden, om ze te laten drogen op een vel vloeipapier. De postzegels met hun verborgen gezichten lagen zo, rij aan rij, net als op de foto van de Italiaanse krijgsgevangenen die in handen gevallen waren van veldmaarschalk Montgomery in de gevechten om de westelijke woestijn: die zag je ook rij aan rij liggen op het gloeiende zand, hun handen achter hun rug gebonden en hun gezicht verborgen tussen hun knieën.

Daarna sorteerde papa de opgedroogde postzegels aan de hand van de dikke Engelse catalogus met op het omslag een vergrote afbeelding van de postzegel van de zwarte zwaan, de duurste postzegel ter wereld, ook al was zijn oorspronkelijke waarde maar één penny. Op mijn uitgestoken hand reikte ik papa doorzichtige plakkertjes aan, terwijl mijn ogen op zijn lippen waren gericht. Er waren landen waarover papa met beschaafde weerzin sprak, en er waren er die respect bij hem opwekten. Hij vertelde dan over de bevolking, de economie, de belangrijkste steden, de natuurlijke rijkdommen, de oudheidkundige opgravingen, de regeringen, de kostbare voorwerpen. En vooral sprak hij altijd over de schilders en de musici en over de gevierde dichters, die volgens hem bijna allemaal, en bijna in elk land, joods waren of van joodse afkomst of op zijn minst halfjoods. En soms raakte hij mijn hoofd aan, of mijn arm, tastte in zichzelf naar een diep weggestopte genegenheid, en zei plotseling: 'Morgen gaan jij en ik naar Sjibolet. Dan koop ik een pennendoos voor je. Of misschien wil je iets anders uitzoeken. Een cadeautje. Je bent niet erg gelukkig.'

Eén keer zei hij: 'Ik zal je iets vertellen, een geheimpje, dat ik nog nooit verteld heb. En laat het vooral tussen ons blijven. Ik ben een beetje kleurenblind. Dat komt voor. Het is een geboorteafwijking. Dus er zijn waarschijnlijk dingen die jij zult moeten zien voor ons beiden. Inderdaad ja, jij bent immers beslist fantasierijk en verstandig.' En er waren woorden die papa gebruikte zonder te merken dat ze mama verdrietig maakten: de Karpaten, bijvoorbeeld. Of klokkentoren. En opera, koetsje, ballet, kroonlijst, klokkenplein. (Wat was dat eigenlijk, een kroonlijst? Of een puntgevel? Een weerhaan? Een vestibule? Hoe zag de stalknecht eruit? De districtsgouverneur? De gendarme? En de klokkenluider?)

Volgens vaste afspraak kwam papa of mama precies om kwart over tien naar mijn kamer om te kijken of ik inderdaad het leeslampje bij mijn bed had uitgedaan. Soms bleef mama nog vijf of tien minuten, dan zat ze op de hoek van het bed en vertelde iets uit haar herinnering. Eén keer vertelde ze me hoe ze, als meisje van acht, 's ochtends op een zomerdag aan de oever van een riviertje in de Oekraïne had gezeten, aan de voet van de korenmolen. Eenden pikten in het water. Ze beschreef de kronkeling van de stroom daar waar de rivier in het bos verdween: daar verdwenen altijd dingen die het water op zijn rug had gedragen, stukken boombast en afgevallen bladeren. Op het plaatsje voor de molen had ze een kapot bleekblauw luik gevonden en dat had ze in de stroom gegooid. Ze leefde in de veronderstelling dat de rivier, die het bos verliet en er weer in terugkeerde, diep in het bos zodanig kronkelde dat hij een gesloten cirkel vormde. Daarom zat ze twee of misschien wel drie uur te wachten totdat haar luik zijn rondgang had voltooid en zou terugkeren. Maar er kwamen alleen maar eenden terug.

Op school was haar geleerd dat water altijd naar beneden stroomt, omdat zo nu eenmaal de natuurwetten zijn. Maar heel lang geleden geloofde immers iedereen in heel andere natuurwetten, ze geloofden bijvoorbeeld dat de aarde plat was en dat de zon eromheen draaide en dat de sterren in de hemel zaten om over ons te waken. Misschien waren ook de natuurwetten uit onze tijd maar tijdelijk, en zouden ze binnenkort door geheel nieuwe wetten vervangen worden.

De volgende dag ging ze weer naar de rivier, maar het blauwe luik was niet teruggekomen. De dagen daarna zat ze er een half uur of een uur op te wachten aan de oever van de stroom. Ook al hield ze er rekening mee dat het niet terugkomen van het luik niets bewees, dat de rivier wel degelijk een cirkel vormde, maar dat het luik misschien naar een van de oevers was ontsnapt. Of was blijven steken in ondiep water. En het kon ook zijn dat het al was teruggekomen en de korenmolen was gepasseerd, eenmaal, tweemaal, of nog vaker, maar dat het 's nachts was gebeurd. Of tijdens het eten. Of zelfs terwijl ze erop zat te wachten maar dat ze precies toen het haar passeerde toevallig naar boven had gekeken om een vlucht vogels te zien, waardoor ze het gemist had. Want er trokken daar grote vluchten vogels langs, in de herfst, in de lente, zelfs in de zomer, zonder relatie met het trekseizoen. En hoe kon je eigenlijk weten hoe groot de cirkel was die de rivier aflegde voordat hij terugkeerde bij de watermolen? Een week? Een jaar? Misschien meer dan dat? Werd misschien terwijl ze op de hoek van mijn bed zat te vertellen over het luik, op een avond dat er een avondklok was in Jeruzalem in het jaar 1947, werd het blauwe luik uit haar kinderjaren toen misschien nog steeds meegevoerd op de stroom, daar in de Oekraïne, of in de dalen tussen de Karpaten, passeerde het badhuizen, fonteinen, kroonlijsten en klokkentorens? Verwijderde het zich nog steeds van die korenmolen? Wie wist hoe lang het nog zou duren voordat het het verste punt van zijn reis bereikt zou hebben en aan de terugreis zou beginnen? Misschien pas over tien jaar? Of zeventig? Of honderdzeven? Waar was dat blauwe luik op het moment dat mama mij erover vertelde, meer dan twintig jaar nadat ze het weggegooid had? Waar precies waren die avond zijn restanten? Zijn brokstukken? Zijn kruimeltjes? De humus die ervan overgebleven was? Iets zou er immers toen nog steeds bestaan. En iets is er zelfs nu nog van overgebleven, op de avond dat ik erover schrijf, nu er zo'n zeventig jaar voorbij zijn sinds die zomermorgen dat mijn moeder het in het water van de rivier gooide.

Op de dag dat het luik eindelijk terugkeert naar het punt waar mama het heeft weggegooid, en het opnieuw meegevoerd zal worden door de stroom aan de voet van die korenmolen, zullen niet onze ogen dat gadeslaan, want die zijn er dan niet meer, maar vreemde ogen. Ogen van een man of vrouw die op geen enkele wijze ook maar kunnen vermoeden dat het voorwerp dat ze zien langsdrijven op de stroom, daarvandaan komt en nu is teruggekeerd. Jammer, zei mama, dat degene die daar dan is en mijn teken weer voor de molen langs ziet drijven, zelfs als hij het zou opmerken, met geen mogelijkheid kan weten dat het een teken is. Een bewijs dat alles ronddraait. En in feite zou het zelfs kunnen dat iemand die daar toevallig op een dag is, op het moment dat het luik terugkeert, dat die zelf ook besluit dat het voor hem een teken is om uit te vinden of er wel of geen cirkel is. Maar als de cirkel dan weer gesloten wordt, is ook die nieuwe persoon er niet meer. En dan staat daar weer een vreemde die eveneens geen idee heeft. Vandaar de behoefte om te vertellen.

DERTIEN

Mijn proces wegens verraad in het bos van Tel Arza nam minder dan een kwartier in beslag, omdat we bang waren om vast te komen zitten door de avondklok. Er was geen verhoor met marteling en er waren ook geen beledigingen en vervloekingen. Het was een kil en tamelijk beleefd proces. Tsjita Reznik begon met de woorden:

'Wil de verdachte gaan staan.' (In bioscoop Edison draaide *De roversheriff uit Montana*, met Gary Cooper. Onze rechtbank ging te werk volgens het bliksemproces van de roversheriff.)

Ben-Choer Tikoetsjinski, de rechtbankpresident, officier van justitie, rechter van instructie, enige getuige en tevens wetgever, siste zonder zijn lippen te bewegen: 'Profi. Lid van de generale staf. Onderbevelhebber en hoofd van de operationele staf. Centrale man bij ons. Getalenteerd. Verdient speciale erkenning.'

Ik mompelde: 'Dank je wel, Ben-Choer.' (En van trots had ik een brok in mijn keel.)

Tsjita zei: 'De verdachte spreekt alleen als hem dat gevraagd wordt. Wil de verdachte nu zwijgen.'

Waarop Ben-Choer hem van repliek diende: 'Wil jij ook zwijgen, Tsjita.'

Na een stilte sprak Ben-Choer een pijnlijke zin uit van slechts drie woorden: 'Wat jammer toch.'

Toen zweeg hij. En vervolgens voegde hij er peinzend,

bijna meelevend, met zachte stem aan toe: 'Wij hebben drie vragen. Op grond van de juistheid van de antwoorden zal deze rechtbank besluiten over de zwaarte van het vonnis. Het zal zeer in het voordeel van de verdachte zijn om de vragen nauwkeurig te beantwoorden: wat was het motief? Wat is de vijand te weten gekomen? En wat was het verradersloon? De rechtbank stelt prijs op korte antwoorden.'

Ik zei: 'Oké. Het zit zo. Eén: ik heb geen verraad gepleegd. Integendeel. Ik heb de vijand belangrijke gegevens ontfutseld onder de dekmantel van Hebreeuwse en Engelse lessen. Dat is één.'

Tsjita Reznik zei: 'Hij is een bedrieger. Hij is een laaghartige verrader en een bedrieger.'

En Ben-Choer: 'Tsjita. Laatste waarschuwing. De verdachte. Doorgaan. Nog korter graag.'

Ik ging door: 'Oké. Twee: ik ben geen verklikker geweest. Zelfs mijn naam heb ik niet genoemd. En natuurlijk geen woord dat ook maar zou kunnen wijzen op het bestaan van de Ondergrondse. Doorgaan?'

'Als je nog niet moe bent.'

Tsjita liet zijn huilerige slavenlach horen, een valse, laffe lach: 'Laat mij Profi maar eens even onder handen nemen. Vijf minuutjes maar. Daarna zingt hij als een nachtegaal.'

Ben-Choer zei: 'Gadverdamme Tsjita. Je praat als een kleine nazi. Wil de kleine nazi deze steen oprapen – nee, niet deze, deze – en die in zijn mond stoppen. Zo. En wil hij zijn mond dichthouden. Zodat het volkomen stil is in deze rechtbank totdat het proces is afgelopen. Wil de verrader zo vriendelijk zijn zijn betoog te beëindigen, als hij dat nog niet gedaan heeft.'

'Drie,' zei ik, terwijl ik mijn best deed niet stiekem naar

Tsjita te kijken, die bijna stikte in de steen in zijn mond. Ik was vastbesloten een heroïsche blik gevestigd te houden op de gele vossenogen die niet knipperden. 'Drie: ik heb niets ontvangen van de vijand. Niemendal. Uit principe. En daarmee eindig ik. Ik heb geen verraad gepleegd, maar gespioneerd, precies volgens de richtlijnen.'

'Een beetje hoogdravend,' zei Ben-Choer bedroefd, 'met dat niemendal en zo. Maar daar zijn we al aan gewend. Je hebt heel mooi gesproken, Profi.'

'Onschuldig? Vrij?'

'De verdachte is klaar. Wil de verdachte nu zwijgen.'

Weer was het stil. Ben-Choer concentreerde zich op drie twijgjes. Vier of vijf keer probeerde hij ze als driepoot voor zich neer te zetten, en telkens stortten ze in. Hij haalde een zakmes tevoorschijn en klapte het open, maakte een twijgje korter, sneed een twijgje in, totdat hij erin geslaagd was ze met geometrische precisie op elkaar te laten rusten. Maar hij vouwde het mes niet op en stopte het niet terug in zijn zak, hij liet het voorzichtig balanceren op de rug van zijn uitgestrekte hand, het lemmet was op mij gericht en braakte lichtflitsjes uit, en hij zei: 'Deze rechtbank gelooft de verrader als hij zegt dat hij wat informatie uit de vijand heeft losgekregen. Deze rechtbank gelooft de verrader zelfs als hij zegt dat hij ons niet verklikt heeft. De rechtbank verwerpt met verachting de leugenachtige getuigenis van de verrader dat de verrader geen enkele beloning heeft ontvangen: de verrader heeft van de vijand wafeltjes gekregen, priklimonade, een broodje met worst, lessen in de Engelse taal, en een bijbel met het Nieuwe Testament, dat tegen ons volk is gericht.'

'Een broodje met worst niet,' zei ik bijna fluisterend.

'En daarbij is de verrader kleingeestig. De verrader verspilt de tijd van de rechtbank aan een worstje en marginale wissewasjes.'

'Ben-Choer!' ontsnapte mij plotseling een wanhopige schreeuw, een kreun van vertrapte gerechtigheid. 'Wat heb ik jullie gedaan? Ik heb hem niks verteld! Geen woord! En denk eraan dat ik deze organisatie voor jullie heb opgericht en dat ik jou commandant heb gemaakt, maar nu is het afgelopen. Ik ontbind vos. Het spel is uit. Heb je eigenlijk wel eens van Dreyfus gehoord? En van de schrijver Zola? Vast niet. Maar mij kan het niks meer schelen. Deze organisatie is ontbonden en ik ga nu naar huis.'

'Ga maar, Profi.'

'En ik ga niet zomaar naar huis, maar vol verachting voor jullie beiden.'

'Ga.'

'Ik heb geen verraad gepleegd. Ik heb niemand verklikt. Het is allemaal laster. En jij, Ben-Choer, jij bent gewoon een kind met achtervolgingswaanzin. Ik heb in de encyclopedie materiaal over die ziekte.'

'Nou? Waarom ga je niet? De hele tijd zegt hij ik ga, ik ga, en hij blijft hier maar staan alsof hij aan de grond is vastgenageld. En Tsjita, vertel me eens, ben jij helemaal gek geworden? Hou eens op met stenen eten. Ja. Je mag hem eruit halen. Nee, niet weggooien. Bewaar die steen van je, misschien heb je hem nog eens nodig.'

'Wat doen jullie met mij?'

'Dat zie je nog wel, Profi. Dat staat niet in de encyclopedie.'

Bijna geluidloos zei ik: 'Maar ik heb hem niks verteld.'

'Dat klopt.'

'En ik heb niks van hem gekregen.'

'Dat klopt ook aardig. Bijna.'

'Dus waarom?!'

'Waarom. De verrader heeft al vijf encyclopedieën gelezen en nog steeds snapt hij niet wat hij gedaan heeft. Moeten wij het hem uitleggen? Wat denk je ervan, Tsjita? Moeten wij hem de ogen een beetje openen? Ja? Oké. Want wij zijn geen nazi's. Deze rechtbank hecht aan een beargumenteerd vonnis. Dus vooruit. Het is, Profi, omdat jij van de vijand houdt. Van de vijand houden, Profi, is erger dan informatie doorspelen. Erger dan strijders verraden. Erger dan verklikken. Erger dan wapens aan ze verkopen. Zelfs erger dan overlopen en aan hun kant strijden. Van de vijand houden, Profi, is het toppunt van verraad. Kom, Tsjita. We gaan. Zo meteen begint de avondklok. En het is ook nogal ongezond om de lucht in te ademen die door verraders is uitgeademd. Van nu af ben jij de onderbevelhebber, Tsjita. Als je je mond maar houdt.'

(Ik? Stephen Dunlop? Mijn hele buik werd naar binnen gezogen, en alles wat erin zat werd steeds verder naar beneden gedrukt, alsof het naar de bodem van een put zonk. Alsof ik in mijn buik nog een buik had, een afgrond, waar alles instroomde. Hield ik een beetje van hem? Van hem? Dat was een leugen. En was dat het toppunt van verraad? Hoe kon mama dan zeggen dat iemand die van een ander hield geen verrader was?)

Ben-Choer en Tsjita waren al ver weg. En mij ontsnapte een gebrul: 'Idioten! Gestoorden! Ik haat die Dunlop, dat kwallengezicht! Ik haat hem! Ik kots van hem! Ik veracht hem!' (Verrader. Leugenaar. Laaghartige.)

Intussen was het bos leeggeraakt. De generale staf was verdwenen. Nog even, dan begon het donker en de avondklok. Ik zou niet thuiskomen. Ik zou naar de bergen gaan en een kind van de bergen worden. Daar zou ik alleen leven. Voor eeuwig. Ik zou aan niemand toebehoren en dus geen verrader zijn. Want iedereen die aan een ander toebehoorde, pleegde verraad.

Er klonk gefluister van pijnbomen en geritsel van cipressen: zwijg, laaghartige.

VEERTIEN

Dit waren de wegen die voor mij openlagen, volgens de methode van logische rangschikking in momenten van crisis, een methode die ik van papa had geleerd. Ik schreef alle mogelijkheden op een van de lege kaartjes die op de hoek van het bureau lagen: één, Tsjita aan mijn kant krijgen (postzegels, munten, of een spannende feuilleton?) en door stemming Ben-Choer ontheffen van zijn functie als hoofd van de generale staf. Twee, mij afscheiden. Een nieuwe Ondergrondse oprichten en nieuwe strijders werven. Drie, vluchten naar de grotten van Sanhedria en daar blijven wonen totdat mijn gelijk aan het licht zou komen. Of alles vertellen aan brigadier Dunlop, nu ik toch niets meer te verliezen had, Ben-Choer en Tsjita zouden naar de gevangenis gaan en ik zou naar Engeland gesmokkeld worden om daar een nieuw leven te beginnen en een geheel nieuwe identiteit aan te nemen. Daar, in Engeland, zou ik relaties aanknopen, ik zou vriendschap sluiten met de ministers en de koning, totdat ik een passend moment zou vinden om toe te slaan in het hart van het bewind en ons land uit hun handen te bevrijden. Ik alleen. En dan zou ik Ben-Choer en Tsjita gratie verlenen, een gratie die doordrenkt zou zijn van diepe verachting.

Of nee.

Ik kon beter afwachten.

Ik zou me met ijzeren geduld vermannen en slechts waakzaam zijn. (Tot op de dag van vandaag geef ik mezelf soms dergelijke raad. Zonder hem overigens op te volgen.)

Ik zou ijzig kalm afwachten. Als Ben-Choer plannen smeedde om mij te kwetsen, zou ik dat weerstaan. Op geen enkele manier zou ik een stap doen die de Ondergrondse zou kunnen verzwakken of splijten. Na de wraak of de straf (en wat zouden ze me helemaal kunnen doen?) zouden ze me hoogstwaarschijnlijk uitnodigen om terug te komen: want wat waren zij waard zonder mij? Een onbezield wezen zonder een vonk van leven en zonder hersenen. Een zootje ongeregeld. Een stuiptrekkende kip zonder kop. Maar ik zou daar niet al te snel mee instemmen. Ik zou hen even om genade laten vragen. Ze zouden me moeten smeken. Ze zouden me om vergiffenis moeten vragen. Ze zouden moeten erkennen dat ze me onrecht hadden aangedaan.

'Papa,' vroeg ik 's avonds, 'wat zouden we doen als de Britten komen, bijvoorbeeld de Hoge Commissaris of zelfs de koning zelf, en ze erkennen dat ze ons onrecht hebben aangedaan? En als ze vragen of we hun willen vergeven?'

Mama zei: 'Natuurlijk vergeven we ze dan. Hoe zouden we anders kunnen? Je hebt mooi gedroomd.'

'Albion,' zei papa, 'allereerst moeten we ons er terdege van vergewissen dat ze niets in hun schild voeren. Bij hen is alles mogelijk.'

'En als de Duitsers ons om vergeving komen vragen?'

'Dat is moeilijk,' zei mama. 'Dat moet wachten. Misschien over een heel aantal jaren. Dan zou jij het misschien kunnen. Ik niet.'

Papa verzonk in gedachten. Tot slot haalde hij zijn schouders op en zei: 'Zolang wij joden hier nog zwak en weinig talrijk zijn, zullen Albion en alle *gojiem* blijven aanpappen met de Arabieren. Als we heel sterk zijn geworden, als we met velen zijn en ons goed kunnen verdedigen, ja, inderdaad, dan zou het kunnen zijn dat ze zoete broodjes bij ons komen bakken. Britten, Duitsers, Russen, de hele wereld komt dan serenades zingen. Als het zover is, zullen we iedereen beleefd ontvangen. We zullen hun uitgestoken hand niet afweren, maar we zullen hen evenmin om de hals vallen à la "ik ben Jozef, jullie broeder". Integendeel. "Respecteer hem maar vertrouw hem niet." En trouwens, als we een verbond sluiten, kunnen we dat beter niet doen met de volkeren van Europa, maar juist met onze Arabische buren. Tenslotte is Ismaël onze enige bloedverwant. Dit is natuurlijk allemaal nog ver weg en misschien zelfs heel ver weg. Herinner je je de Trojaanse oorlog nog? Wat we van de winter samen gelezen hebben? De bekende uitspraak: "Hoed u voor de Grieken ook als ze geschenken brengen"? Welnu, voor "Grieken" mag je "Britten" in de plaats zetten. En wat betreft de Duitsers, als ze zichzelf niet vergeven, zullen wij hun misschien ooit vergeven. Maar als blijkt dat ze zichzelf vergeven, zullen wij hun niet vergeven.'

Ik gaf het niet op: 'Maar uiteindelijk, vergeven we dan onze vijanden of niet?'

(Op dat moment had ik een beeld in mijn hoofd, nauwkeurig, tastbaar, gedetailleerd, papa en mama en brigadier Dunlop die hier bij ons in de kamer zaten op zaterdag aan het eind van de ochtend. Ze dronken thee en converseerden in het Hebreeuws over de Bijbel en over archeologische opgravingen in Jeruzalem, discussieerden in klassiek Latijn of Grieks over Grieken die geschenken meebrachten. En Jardena en ik waren ook aanwezig in een hoekje van het plaatje: zij speelde klarinet en ik lag languit op de mat dicht bij haar voeten, een gelukkige panter in de kelder.)

Mama zei: 'Ja. We vergeven ze. Niet vergeven is als vergiftigen.'

Ik moet Jardena om vergiffenis gaan vragen vanwege wat ik bijna niet bij haar gezien heb, niet expres. Vanwege gedachten die sindsdien bij me opkomen. Maar hoe zou dat kunnen? Om haar om vergeving te vragen, moet ik haar vertellen wat er gebeurd is, en het verhaal zelf is ook een soort verraad. Waardoor het vragen om vergeving zelf eigenlijk verraad in het verraad zou zijn? Ingewikkeld. Heft verraad in het verraad het verraad op? Of wordt het er juist door verdubbeld?

Dat is de vraag.

VIJFTIEN

Je moest nooit een gewonde Ondergrondse-strijder naar
het ziekenhuis brengen, want het ziekenhuis was de eerste
plaats waar de geheime politie na elke actie naartoe zou
snellen, om jacht te maken op gewonde strijders. Daarom
had de Ondergrondse geheime posten voor de behande-
ling van gewonden, en een van die posten was bij ons, omdat mama na haar komst in het land in het Hadassa-zieken-
huis voor verpleegster geleerd had. (Al was het dan maar
twee jaar. In het tweede jaar was ze getrouwd en in het derde werd ik geboren, en had ik haar studie onderbroken.)

In de kast in de badkamer was één la die op slot zat, waarvan ik niet mocht vragen wat erin zat en waarvan het me
zelfs niet mocht opvallen dat hij altijd op slot zat. Maar één
keer, toen mijn ouders naar hun werk waren, was ik er heel
voorzichtig binnengedrongen (een kromgebogen ijzerdraadje) en had ik een voorraad ontdekt van verband, zwachtels,
injectiespuiten, doosjes met allerlei pillen, potjes, afgesloten flesjes, allerlei soorten buitenlandse zalf. En ik wist dat
als ik op een nacht midden onder het uitgaansverbod een
zacht gekrab aan de deur zou horen en vervolgens onderdrukte stemmen, gefluister, het geluid van een lucifer die
afgestreken werd aan de zijkant van het doosje, het gefluit
van kokend water in de ketel, dat het dan mijn taak was
mijn kamer niet te verlaten. Niet de reservematras te zien
die neergelegd zou worden op de gangvloer onder de grote

kaarten en tegen de ochtend verdwenen zou zijn alsof hij er nooit geweest was. Alsof ik gedroomd had. Want onder de plichten van een Ondergrondse-man was een speciale plaats ingeruimd voor de zware plicht om niet te weten.

Papa was bijna blind in het donker, daarom hoefde hij 's nachts nooit politieburchten en forten te bestormen. Maar hij had een speciale taak: Engelse pamfletten opstellen waarin in scherpe bewoordingen het perfide Albion werd veroordeeld, dat zich ten overstaan van de wereld had verplicht ons te helpen hier een vaderland op te bouwen en ons vervolgens op cynische wijze verraden had en nu de Arabieren hielp ons te gronde te richten. Ik vroeg papa wat 'op cynische wijze verraden' was. (Als hij mij een vreemde uitdrukking uitlegde, maakte papa een verantwoordelijke, geconcentreerde indruk, als een wetenschapper die een kostbare vloeistof van het ene reageerbuisje in het andere overgoot.)

Hij zei: 'Op cynische wijze verraden. Dat wil zeggen, kil en berekenend. Slechts belust op het eigen voordeel. Het cynisme als zodanig komt van het woord *kunos*, dat "hond" betekent in het oud-Grieks. Bij een passende gelegenheid zal ik je wel eens uitleggen wat het verband is tussen het cynisme en de hond, die in het algemeen juist beschouwd wordt als een symbool van trouw. Dat is een nogal lang verhaal, dat getuigt van de ondankbaarheid van de mensheid jegens de dieren die haar het meest tot nut zijn, de hond, de muilezel, het paard, de ezel, want uitgerekend hun namen zijn beledigingen geworden in ons taalgebruik, terwijl de roofdieren, onze vijanden, de leeuw, de tijger, de wolf, de adelaar en zelfs de gier, die lijken verslindt, in de meeste talen een eer genieten die hun niet toekomt. In elk geval, om terug te keren naar je vraag, verraden op cynische wijze is verraden in koelen bloede. Verraden zonder moraal en zonder gevoel.'

Ik vroeg (niet aan papa maar aan mezelf): kun je ook verraad plegen op niet-cynische wijze? Niet belust op het eigen voordeel en niet berekenend? Bestaan er niet-laaghartige verraders? (Tegenwoordig denk ik van wel.)

In de Ondergrondse-pamfletten die papa in het Engels opstelde, werd het perfide Albion ervan beschuldigd de nazi-misdaden voort te zetten, door het laatste restje hoop van een beroofd volk te verkopen voor Arabische olie en militaire bases in het Midden-Oosten: 'Weet toch, volk van Milton en Lord Byron, dat de olie waardoor u 's winters wordt verwarmd, vermengd is met het vergoten bloed van de resten van het vervolgde volk.' Of: 'De Britse arbeidersregering probeert in het gevlij te komen bij corrupte Arabische heersers die niet ophouden te jammeren dat het hun aan ruimte ontbreekt tussen de Atlantische Oceaan en de Perzische Golf en van het Araratgebergte in het noorden tot de Straat der Tranen diep in Jemen.' (Ik zocht het na op de kaart: het ontbrak hun werkelijk niet aan ruimte. Ons land was maar een piepklein stipje in de uitgestrekte gebieden van Arabië. Een speldenknop in het Britse imperium.) Als we onze raket afgebouwd zouden hebben, zouden we hem richten op het paleis van de koning in het hart van Londen, en daarmee zouden we hen dwingen uit ons land te verdwijnen. (En wat zou er dan gebeuren met brigadier Dunlop? Die hield van de Tenach en van ons? Hij zou toestemming krijgen om hier te blijven, als speciale, gerespecteerde gast van de autoriteiten van de Hebreeuwse staat. Ik zou daarvoor zorgen. Ik zou een aanbevelingsbrief voor hem schrijven.)

's Avonds laat, tijdens zijn onderzoekingen over de geschiedenis van de joden in Polen, stelde papa deze pamfletten op en citeerde daarin regels uit de Britse poëzie, om hun hart te beroeren. 's Ochtends op weg naar zijn werk overhandigde hij het blad, verstopt tussen krantenpagina's, aan zijn verbindingsman (de jongen die op een kraanvogel leek, die hielp in de kruidenierswinkel van de gebroeders Sinopski). Vandaar werden de pamfletten overgebracht naar de geheime drukkerij (in de kelder van de familie Kolodny). Na een dag of twee verschenen ze dan op de muren van de huizen, op de elektriciteitspalen, en soms zelfs op de muren van het politiebureau waar brigadier Dunlop dienstdeed.

Als de geheime politie de medicijnla van mama zou vinden of de kladversies van papa's pamfletten, zouden ze allebei gevangengezet worden in een cel op het Russisch Erf, en ik zou alleen achterblijven. En naar de bergen gaan om het leven te leiden van een kind van de bergen.

In de Edison-bioscoop werd een film vertoond over een bende muntvervalsers: een complete familie, broers, neven en schoonzoons. Toen ik terugkwam uit de bioscoop, vroeg ik mama of wij ook een familie waren die de wet ontdook. Mama zei: 'Wat hebben we gedaan? Hebben we geplunderd? Gefraudeerd? Of hebben we soms bloed vergoten?'

En papa: 'Geen sprake van. Integendeel: de Britse wet is een bij uitstek onwettige wet. Het hele bestuur van ons land is op onderdrukking en leugens gebaseerd, omdat de naties van de wereld Jeruzalem aan hen hebben toevertrouwd op grond van hun verplichting om hier een nationaal tehuis voor het joodse volk te stichten, en nu hitsen ze de Arabieren op om dit huis te verwoesten en ze helpen hen er zelfs mee.' Terwijl hij sprak, gloeide de woede in zijn blauwe ogen, die vergroot werden door de lenzen van zijn bril. Op dat moment gleed er een heimelijke glimlach tussen mama en mij, omdat papa's woede boekenwoede was, zachtaardige woede. Om de Britten te verdrijven en de Arabische legers af te slaan, was een andere, woeste woede nodig, die niets met woorden te maken had, een soort woede die niet bestond in ons huis en in onze wijk. Misschien alleen in Galilea, in de dalen, in de kibboetsiem in de uithoeken van de Negev, in de bergspleten waar elke nacht de strijders van de ware Ondergrondse oefenden, waar misschien gaandeweg de juiste woede verzameld werd. Die wij niet kenden, maar we wisten dat we zonder die woede allemaal verloren zouden zijn. Daar, in de woestijnen, in de Arava, in het Karmelgebergte, in de gloeiende vallei van Bet-Sje'an, groeiden nieuwe joden op, niet bleek en bebrild zoals bij ons, maar gebruind en sterk, pioniers, en zij bezaten bronnen van woede van het werkelijk dodelijke soort. De toorn van de vertrapte gerechtigheid die soms glinsterde in papa's brillenglazen liet tussen mama en mij een halfhartige glimlach glijden. Minder dan een knipoog. Een samenzweerdersverbond, een soort ondergrondse in de Ondergrondse, alsof ze heel even een verboden la opendeed in mijn aanwezigheid. Alsof ze mij wilde laten merken dat er weliswaar in deze kamer twee volwassenen en een kind waren, maar dat op zijn minst in haar ogen ik niet noodzakelijkerwijze het kind was. In elk geval niet altijd. Ik liep naar haar toe en omklemde plotseling haar schouders, terwijl papa zijn bureaulamp aandeed en ging zitten om verder te gaan met het verzamelen van feiten over de geschiedenis van de joden in Polen. Maar waarom was ook de zoetheid van dat ogenblik vermengd met de wrangheid van het geknars van een krijtje, de laffe smaak van het verraad?

Op dat moment besloot ik hun te vertellen: 'Het is afgelopen met Ben-Choer en Tsjita. We zijn geen vrienden meer.'

Papa, met zijn rug naar ons toe en zijn gezicht naar de heuvels van opengeslagen boeken op zijn bureau, vroeg: 'En wat heb je dan wel uitgehaald? Wanneer leer je nu eens trouw te blijven aan je vrienden?'

Ik zei: 'We hebben een scheuring gehad.'

Papa draaide zich om op zijn stoel en informeerde met zijn gelijkhebbende stem: 'Een scheuring. Tussen de zonen van het licht en de zonen van de duisternis?'

En mama: 'Ze schieten weer in het donker. En het klinkt behoorlijk dichtbij.'

Ik heb al eerder verteld hoezeer ik gefascineerd word door mensen als Ben-Choer, die altijd dorst hebben: van die mensen die aan de hele wereld niet genoeg hebben om hun dorst te lessen, omdat die onlesbaar is, die door hun dorst een doezelige, katachtige wreedheid krijgen, een kille heerschappij van half gesloten ogen. En net als de helden van David die we uit de Bijbel hadden leren kennen, voel ik altijd een vreemde aandrang om alles wat ik bezit voor hen in de waagschaal te stellen. Om mijn leven in gevaar te brengen om hun water te brengen uit de bronnen van de vijand. Dat alles in de vage hoop dat ik na de heldendaad als beloning uit de jachtluipaardmondhoek de langverwachte woorden: 'Ik mag jou wel, Profi' zal horen.

Behalve dorstige jachtluipaarden is er nog een soort mensen dat mij fascineert, mensen die schijnbaar het volstrekte tegendeel zijn van de jachtluipaarden en die toch iets met hen gemeen hebben dat niet te definiëren valt, maar gemakkelijk te onderscheiden is. Ik doel op het soort mensen dat altijd het onderspit delft. Zoals brigadier Dunlop. Zowel toen als nu ik dit verhaal schrijf, altijd heeft dat soort mensen een hartverscheurende bekoring voor mij gehad, mensen die zich door de wereld bewegen alsof de hele wereld een vreemde bushalte in een vreemde stad is, waar ze per ongeluk zijn uitgestapt zonder enig idee hoe ze verdwaald zijn en hoe ze eruitkomen, en waar ze dan heen moeten.

Hij was vrij breed, vrij lang, een grote, dikke man, maar week. Een beetje kraakbeenachtig. Ondanks het uniform en het pistool, de ranginsignes op zijn mouw, de schittering van de zilverkleurige schoudercijfers, de zwarte pet, ondanks dat alles leek hij op iemand die net van het licht in het donker is gekomen of omgekeerd, van het donker in het felle licht is terechtgekomen.

Alsof hij ooit iets kostbaars was kwijtgeraakt en geen flauw idee meer had wat hij was kwijtgeraakt en hoe het eruitzag en wat hij ermee zou doen als hij het zou vinden. Zo zwierf hij voortdurend door de binnenkamers van zichzelf, door de gangen, de kelder, de voorraadkamers, en zelfs als hij zou struikelen over datgene wat hij was kwijtgeraakt, hoe zou hij dan weten dat dat het was? Hij zou erlangs lopen, vermoeid, en zou verder zoeken. Hij zou voortklossen op zijn grote schoenen en steeds verder afdwalen. Ik vergat niet dat hij de vijand vertegenwoordigde, maar voelde toch een soort behoefte hem de hand te reiken. Niet om hem de hand te schudden, maar om hem te ondersteunen, alsof hij een baby was. Of een blinde.

Bijna elke avond glipte ik café-restaurant Orient Palace binnen, met het boek *Engels voor leerlingen van overzee* en deeltjes van *Onze taal voor immigrant en pionier* onder mijn arm. Het kon me niet meer schelen of de jachtluipaard en zijn slaaf me wel of niet bleven achtervolgen in de steegjes.

Want wat had ik nog te verliezen?

Ik liep snel de eerste, corrupte kamer door, doorsneed de sigarettenrook en de stank van bieroprispingen, zonder het grove gelach te horen, zonder toe te geven aan het verlangen van mijn vingertoppen om even over het groene vilt op het biljart te wrijven, zonder de grotopening te zien van de jurk van het meisje dat zich over de bar heen boog, in een rechte lijn en met de doelbewustheid van een afgeschoten pijl vloog ik naar de binnenkamer en landde naast onze tafel.

Meer dan eens bleek dat ik voor niets was gekomen, omdat hij niet was komen opdagen, hoewel we het van tevoren hadden afgesproken: soms vergat hij het. Soms was hij in de war. Het kwam ook wel eens voor dat hij zijn dag van boekhouden op het betaalkantoor van de politie beëindigd had en dat hij dan plotseling werd opgeroepen om een of andere surveillancetaak te vervullen, om de ingang van een postkantoor te bewaken of identiteitsbewijzen bij een wegversperring te controleren. En soms kwam het voor, zo maakte hij mij op bedekte wijze duidelijk, dat hij kwartierarrest had gekregen omdat hij te laat was geweest met salueren of omdat een van zijn schoenen veel glimmender gepoetst bleek dan de andere.

Wie had er ooit, in het echt of in de film, een verstrooide vijand gezien? Of een verlegen vijand? Brigadier Dunlop was een verstrooide en vooral heel verlegen vijand. Ik vroeg hem eens of hij daar, in zijn stad, in Canterbury, een vrouw en kinderen had die uitzagen naar zijn thuiskomst. (Daarmee wilde ik onder meer tegenover hem zinspelen, zonder hem te beledigen, op het feit dat het de hoogste tijd voor hen was om eindelijk ons land te verlaten, zowel in ons als in hun eigen belang.) Brigadier Dunlop schrok van deze vraag, zijn zware hoofd trok zich terug tussen zijn schouders als bij een schildpad die aan het schrikken gebracht wordt, zijn brede, besproete handen begonnen verward heen en weer te bewegen tussen zijn knieën en de tafel en terug, en tegelijkertijd bloosde hij helemaal, van zijn wangen tot zijn voorhoofd en tot aan zijn oren, zoals een donkere wijnvlek zich verspreidt over een wit tafelkleed. Hij begon zich in zijn porseleinachtige Hebreeuws uitvoerig te verontschuldigen over het feit dat hij voorlopig nog 'kinderloos voortging op zijn pad', ook al had de goede God ons in het Goede Boek duidelijk gezegd: 'Het is niet goed dat de mens alleen zij'.

Een paar maal had ik brigadier Dunlop aangetroffen terwijl hij aan zijn vaste tafeltje op mij zat te wachten, een pand van zijn uniformoverhemd hing uit zijn broek, zijn buik puilde uit en onttrok de glinsterende gesp van zijn riem aan het gezicht, een vlezige, weke man. Tot mijn komst was hij aan het dammen geweest tegen zichzelf. Als hij mij opmerkte, schrok hij altijd een beetje, verontschuldigde zich, en deed snel alle stukken in het doosje. Dan zei hij iets als: 'Hoe het ook zij, spoedig zal ik overwonnen zijn.' En dan glimlachte hij zo van: ach weest u toch alstublieft zo goed geen acht op mij te slaan, en halverwege de glimlach bloosde hij, en het leek alsof het blozen zelf zijn verlegenheid nog deed toenemen en daarmee zichzelf verdubbelde.

'Integendeel', zei ik een keer tegen hem, 'hoe dan ook, u wint.'

Hij dacht daar even over na, begreep het, en glimlachte beschaamd en aanminnig, alsof ik een wijsheid naar voren had gebracht waar geen wijze ooit opgekomen was. Na enig gepeins antwoordde hij mij: 'Dat is niet juist. Immers met mijn overwinning sla ik mijzelf de ruggengraat stuk.'

Desondanks stemde hij erin toe één spel met mij te spelen, en hij won, waarop hij werd vervuld van berouwvolle verwarring en zich begon te verontschuldigen alsof hij door zijn overwinning op mij eigenhandig nog een zonde had toegevoegd aan de misdaden van het repressieve Britse bewind.

Tijdens de Engelse lessen verontschuldigde hij zich soms tegenover mij vanwege de wirwar van verschillende tijden in hun taal en vanwege de grote hoeveelheid uitzonderingen. Het leek wel alsof hij uitsluitend zichzelf en zijn slordigheid de schuld gaf van het feit dat je in de Engelse taal geen onderscheid kon maken tussen bijvoorbeeld een glas en een ruit, tussen tabel en tafel, tussen verdragen en beer, tussen warm en scherp, en tussen datum en dadel. Terwijl hij bij de Hebreeuwse lessen, elke keer als hij mij het huiswerk dat ik hem had opgegeven overhandigde om na te kijken, timide vroeg: 'Welnu? Een redeloos mens verstaat het niet? En een dwaas begrijpt dit niet?'

Als ik zijn huiswerk prees, glommen zijn kinderogen, en ontstond er een zweem van een glimlach op zijn lippen, een glimlach van beschaamde, hartverwarmende nederigheid, die op zijn lippen trilde en overliep naar zijn ronde wangen, en dan leek het alsof zijn glimlach onder zijn uniform doorliep over de hele lengte en breedte van zijn lichaam, en dan mompelde hij: 'Ik ben te gering voor dit halleluja.'

Maar soms, midden in de les, vergaten we waar we mee bezig waren en raakten we diep in gesprek. Soms liet hij zich meeslepen en begon hij mij roddels uit het kazerneleven te vertellen, giechelend alsof hij zelf versteld stond van zijn eigen ondeugendheid, wie daar de positie van wie ondermijnde, wie snoepjes en sigaretten hamsterde, wie zich nooit waste, wie gezien was terwijl hij bier dronk in de kantine in gezelschap van zijn zuster die misschien niet helemaal zijn zuster was.

Als we spraken over de politieke toestand, veranderde ik in een vertoornde profeet en hij knikte dan en zei alleen maar 'inderdaad' of 'o wee'. Eén keer zei hij: 'Volk der profeten. Volk van het boek. O mocht het toch zijn erfdeel bekomen zonder dat onschuldig bloed vergoten zal worden.'

Soms dwaalde het gesprek af naar verhalen uit de Bijbel, en dan was ik degene die luisterde, met open mond, en deed hij mij versteld staan met zienswijzen waar meester Zeroebavel Gichon niet van zou durven dromen. Zo bleek brigadier Dunlop niet van koning David te houden, al had hij wel medelijden met hem. In zijn ogen was David een dorpsjongen die voorbestemd was dichter en geliefde te worden, maar de goede God had hem een koninkrijk toebedacht dat hem niet paste, en veroordeelde hem tot een leven van oorlogen en intriges. Geen wonder dat in zijn laatste dagen dezelfde boze geest David angst kwam aanjagen die hij zelf had afgestuurd op zijn voorganger, die beter was dan hij, op Saul. Uiteindelijk ondergingen de schapenhoeder en de ezelinnenhoeder hetzelfde lot en hetzelfde oordeel.

Brigadier Dunlop sprak over hen, over Saul en David en over Mikal en Jonatan en Absalom en Joab, met een ondertoon van lichte verbazing, alsof zij ook jongelui van de Hebreeuwse Ondergrondse waren en hij ook met hen ooit in café Orient Palace had gezeten en van hen Hebreeuws geleerd had en in ruil daarvoor hen een beetje Filistijns had leren spreken en lezen. Voor Saul en Jonatan voelde hij sympathie en medelijden, maar het meest van allemaal hield hij van Mikal, de dochter van Saul, die tot de dag van haar dood geen kind kreeg en hij hield ook van haar man Paltiël, de zoon van Laïs, die haar volgde, al wenend, totdat Abner hem verdreef, en zo, al wenend zijn vrouw die zijn vrouw niet was wel en niet volgend, zo werd hij van het toneel verdreven en verdween hij uit de annalen.

Maar behalve Paltiël, dacht ik, had bijna iedereen daar

verraad gepleegd: Jonatan en Mikal hadden hun vader Saul verraden. Joab en de overige zonen van Seruja, en de mooie Absalom, en Amnon en Adonia, de zoon van Chaggit, allemaal hadden ze verraad gepleegd, en het meest van allemaal David, koning van Israël, die eeuwig voortleefde, zoals we zongen. Bij brigadier Dunlop waren ze allemaal een beetje belachelijk, opgewonden, zielig, ze leken nogal op de officiers van de geheime politie, over wie hij mij onbeduidende roddels vertelde, de een was jaloers, de ander was een pluimstrijker, een derde, een vrouw, was achterdochtig. Allemaal leken ze in zijn verhalen gevangen in een tegenstrijdig net van liefdes en begeerten en jaloezie en list en despotische en wraakzuchtige neigingen. (Daar had je ze weer: die dorstigen, die uitgedroogden, die versmachte jachtluipaarden wier dorst door niets gelest kon worden. Nooit. Vervolgers en vervolgden. Blinden. Die een kuil groeven en er zelf in vielen.)

Vergeefs zocht ik in mezelf naar een onweerlegbaar antwoord dat de eer kon redden van koning David, van meester Gichon, en in feite de eer van ons volk. Ik wist dat het mijn plicht was om in deze gesprekken iets te beschermen tegen wat brigadier Dunlop het aandeed. Maar wat was het dat ik moest beschermen? Dat wist ik toen niet (ook nu weet ik het nog niet echt). En tegelijkertijd gaf ik om allemaal, om de in de steek gelaten, misleide Saul, tegen wie Samuel een proces wegens verraad aanspande, waarbij hij hem ertoe veroordeelde met zijn kroon en zijn leven te betalen voor het feit dat hij geen hart van steen had. Om Mikal en Jonatan, wier zielen zozeer verbonden waren met de ziel van de vijand van hun familie dat ze niet aarzelden hun vader en het koninkrijk van hun vader te verraden en de jachtluipaard achterna te gaan. Zelfs met David had ik erg te doen, koning David de verrader die iedereen die hem liefhad verried en door bijna iedereen verraden werd.

Waarom zouden we ons niet één keer allemaal kunnen verzamelen in de achterkamer van Orient Palace, brigadier Dunlop en mama en papa en Ben-Goerion en Ben-Choer en Jardena en moefti Hadj Amin en meester Gichon en de commandanten van de Ondergrondse en meneer Lazarus en de Hoge Commissaris, allemaal, ook Tsjita en zijn moeder en zijn twee wisselende vaders, om een paar uur met elkaar te praten, elkaar eindelijk te begrijpen, een beetje water bij de wijn te doen, ons met elkaar te verzoenen en elkaar te vergeven? Om samen naar de oever van het riviertje te gaan en te kijken of het afgedreven blauwe luik alweer teruggekeerd was en meedreef op de stroom?

'Voorwaar, voor deze dag is het ons voldoende,' onderbrak brigadier Dunlop dan mijn mijmeringen. 'Morgen zullen wij verdergaan, in het zweet onzes aanschijns zullen wij kennis vermeerderen en och, ware het zo dat wij niet ook smart zullen vermeerderen.'

Daarmee namen we afscheid van elkaar, zonder elkaar een hand te geven, omdat hij zelf al begrepen had dat ik mij onthield van het schudden van de hand van de vreemde overheerser. Daarom beperkten wij ons zowel bij binnenkomst als bij het afscheid tot een hoofdknikje.

En wat was die geheime informatie die ik hem wist te ontfutselen dankzij deze relatie?

Niet veel. Een kruimeltje hier, een kruimeltje daar.

Iets over de volgorde waarin men ging slapen in het versterkte politiegebouw.

Iets (toevallig wel tamelijk belangrijk) over het wachtloopschema 's nachts.

Persoonlijke relaties tussen officiers. De officiersvrouwen. Wat bijzonderheden over het kazerneleven.

En nog iets waarin je misschien onmogelijk een spionageprestatie kunt zien, maar wat ik hier toch zal opschrijven. Op een keer zei brigadier Dunlop tegen me dat hier volgens hem na afloop van het Engelse bewind een Hebreeuwse staat zou verrijzen en de woorden van de profeten bewaarheid zouden worden, precies zoals in de Bijbel beschreven stond, en toch speet het hem voor de volkeren van Kanaän, dat wil zeggen de Arabieren die in het land woonden, en in het bijzonder de inwoners van de dorpen. Naar zijn mening zouden na het vertrek van het Britse leger de joden hun vijanden verslaan, de stenen dorpen zouden verwoest worden, de velden en de boomgaarden zouden veranderen in een plek van jakhalzen en vossen, de bronnen zouden opdrogen, en de boeren en de landlieden en de olijvenplukkers en de kwekers van moerbeivijgen en de ezelinnendrijvers en de schaapherders zouden allemaal naar de woestijn verdreven worden. Misschien zou de Schepper hen bewust bestemmen tot een vervolgd volk, in plaats van de joden die eindelijk terugkeerden naar hun erfgoed. 'Wonderbaar zijn de wegen des Heren,' zei brigadier Dunlop bedroefd en enigszins verbaasd, alsof hij plotseling tot een conclusie was gekomen die allang op hem gewacht had: 'Hij bestraft wie Hij liefheeft en heeft lief wie Hij ontwortelt.'

Er ging een gerucht door de buurt: de Britten zouden ons een algemeen uitgaansverbod opleggen, dag en nacht, en zouden uitgebreide huiszoekingen houden om Ondergrondse-strijders te arresteren en geheime wapenopslagplaatsen te vinden.

's Middags toen hij terugkwam van zijn werk, vroeg papa ons even met zijn drieën in de keuken bij elkaar te komen: er was iets, zei hij, dat we ernstig en eerlijk moesten bespreken. Hij deed de deur en het raam dicht, ging zitten in zijn gestreken kakitenue met de brede zakken, en legde een pakje dat in bruin papier was gewikkeld voor zich op tafel. In dit pakje, zei hij, bevond zich een voorwerp, of misschien was het juister om te zeggen: bevonden zich voorwerpen, waarvan men ons verzocht had die hier te verstoppen totdat het gevaar geweken zou zijn. Het lag bepaald voor de hand te veronderstellen dat de huiszoekingen niet aan ons voorbij zouden gaan, maar sommigen waren van mening dat het in onze woning gemakkelijker was een schuilplaats te vinden voor dit voorwerp, of misschien voor deze voorwerpen. En wij waren beslist bereid de proef te doorstaan.

Ik dacht: terecht vertelt hij ons niet wat er in het pakketje zit, om mama niet bang te maken. (En als hij het nu ook niet wist? Dat kon niet: papa wel.) Ik van mijn kant had meteen geraden dat het pakketje dynamiet bevatte of TNT of nitroglycerine of iets wat nog veel verder strekte, een modern, revolutionair vernietigingsmateriaal zoals de wereld nog nooit gezien had: een terroristisch mengsel dat hier bij ons ontwikkeld was in de geheime laboratoria van de Ondergrondse. Eén lepel ervan was voldoende om een halve stad in puin te leggen.

En ik?

Aan een half lepeltje zou ik al genoeg hebben voor onze raket die binnenkort het paleis van de koning in Londen zou bedreigen.

Dit was nu het moment waarop ik gewacht had. Tot elke prijs moest ik stiekem de benodigde hoeveelheid uit het pakketje zien te krijgen.

Als ik zou slagen, zou de vos-Ondergrondse mij op haar knieën smeken haar te vergeven en terug te keren.

En ik zou hun inderdaad vergeven. Vol minachting. En ik zou er ook in toestemmen terug te keren. Maar ik zou een paar ernstige beslissingen moeten nemen: het hoofdkwartier opnieuw organiseren, Ben-Choer op zijn plaats zetten, de Eenheid Interne Veiligheid en Onderzoek ontbinden, en een methode ontwikkelen die willekeur zou tegengaan en de strijders zou beschermen tegen de gevaren van interne kwaadaardigheid.

Papa zei: 'Indien en wanneer er bij ons een huiszoeking gehouden wordt, is het beslist gewenst dat jullie beiden weten waar het om gaat, en wel op grond van twee overwegingen: ten eerste, het is hier klein en iemand kan ertegenaan stoten en daarmee een ongeluk veroorzaken. Ten tweede, als ze de schuilplaats vinden, valt te vrezen dat ze ieder van ons afzonderlijk verhoren en ik wil dat wij alle drie een gelijkluidende verklaring gereed hebben. Zonder tegenstrijdigheden. (De verklaring die papa ons vroeg uit ons hoofd te leren, hield verband met professor Schlossberg, die eenzaam en alleen op de verdieping boven ons had gewoond en de afgelopen winter was gestorven. In zijn testament had de professor papa vijftig of zestig boeken vermaakt. Ons eensluidend antwoord bij het verhoor zou zijn dat het pakketje in het bruine papier ons huis was binnengekomen tussen de boeken van de overleden professor.)

'Dat is een leugentje om bestwil,' zei papa, en terwijl hij sprak keken zijn blauwe, bijziende ogen achter zijn brilmontuur recht in mijn ogen. Even flikkerde er in zijn blik een zeldzame vonk van listigheid, een ondeugende vonk die maar heel soms ontbrandde, bijvoorbeeld als hij ons triomfantelijk vertelde over een onweerlegbaar antwoord dat hij had weten te geven aan een of andere wetenschappelijk onderzoeker of schrijver die 'met open mond, als door de bliksem getroffen' was achtergebleven. 'Dit leugentje om bestwil zullen wij onszelf toestaan te gebruiken in geval van nood, uitsluitend vanwege het gevaar, en desondanks zullen wij het betreuren, want een leugen is een leugen. Altijd. Ook een leugentje om bestwil is een leugen. Van deze dingen verzoek ik je nota te nemen.'

Mama zei: 'In plaats van je de hele tijd tegen hem te gedragen alsof je een groot geleerde bent, zou je misschien eens een keertje tijd kunnen vinden om wat met hem te spelen. Om op zijn minst eens met hem te praten. Een gesprek, weet je nog? Twee mensen zitten bij elkaar, terwijl ze allebei praten én luisteren. En proberen elkaar te begrijpen.'

Papa tilde het pakje op, drukte het met beide armen tegen zijn borst alsof hij een huilende baby suste, en bracht het van de keuken naar de kamer die mijn ouders tot slaapkamer diende en mijn vader tot werkkamer en ons allemaal tot woonkamer. De wanden van deze kamer waren rondom bedekt met boekenkasten, van de vloer tot aan het plafond. Zonder dat er plaats overbleef voor een schilderij of enige andere snuisterij.

Papa's boekenlegers waren geordend volgens een ijzeren logica, duidelijk verdeeld in afdelingen en onderafdelingen, gerangschikt naar hun onderwerpen en gebieden en talen en alfabetisch op de namen van hun schrijvers. De steunpilaren van de bibliotheek waren de maarschalken en de generaals, dat wil zeggen de respectabele banden die mij altijd deden sidderen van eerbied: dure, zwaarlijvige boeken, gekleed in schitterende leren omslagen. Op het ruwe leren oppervlak zochten mijn vingers altijd het genot van de diepliggende gestempelde gouden letters: als de borst van de veldmaarschalken in de bioscoopagenda's van Fox Movietone, behangen met vele glinsterende rijen insignes van heldendom en uitmuntendheid. Als er maar één lichtstraal van papa's bureaulamp op het goud van de krullerige ornamenten viel, flitste een verblindende pijl van daar naar mijn ogen, alsof hij mij toeriep daar ook heen te komen. Vorsten en graven waren die steunpilaar-boeken voor mij, prinsen, hertogen, de aanzienlijken van het land.

Bovenaan op de plank het dichtst bij het plafond zweefden de formaties van de lichte cavalerie: tijdschriften met kleurige omslagen, gerangschikt volgens onderwerp, datum, gebieden en landen van herkomst. In onmiskenbaar contrast tot de gepantserde zwaarte van de commandanten, waren deze ruiters gekleed in lichte gewaden in een baaierd van schitterende kleuren.

Rondom de groep van de veldmaarschalken en generaals stonden grote detachementen brigade- en regimentsofficiers, stijve, ruwe boeken met harde schouders, in banden bekleed met zware stof, stoffig, een beetje verschoten, alsof ze in camouflage-uniform waren, doordrenkt van zweet en

stof, of als het weefsel van oude vaandels, gehard door slag-
velden en uitputting.

En bij sommige boeken gaapte tussen de stoffen band en
het lichaam een smalle ruimte, die leek op de grotopening
van de jurk van het meisje dat altijd over de bar leunde in
café Orient Palace. Als ik naar binnen gluurde, zag ik alleen
een geurige duisternis en ving ik een zwakke echo op van
de aangename lichaamsgeur van het boek, dof, fascinerend
en ongrijpbaar.

Minder dan de officiersboeken in de stoffen banden waren de honderden en honderden eenvoudige boeken, in
ruwe kartonnen banden, die een grove lijmgeur verspreidden, de hordes grijze en bruine soldaten van de bibliotheek.
Nog lager zelfs dan deze soldaten beschouwde ik het zootje
milities van de half-geregelde troepen: niet-gebonden boeken waarvan de pagina's tussen twee kartonnen vierkanten
geklemd zaten, bijeengehouden door een vermoeid elas-
tiekje of dik papieren plakband. En er waren ook bandie-
tenboeken, verschoten in vergeelde, verkruimelde papieren omslagen. Ten slotte had je, nog onder deze grauwe
hordes, het laagste van het laagste: boeken die geen boeken
waren, bedelaars, een voddig samenraapsel van blaadjes,
overdrukjes, vlugschriften, opgestapeld onder in de boekenkast, op de onderste planken gepropt, als zwervers, totdat papa ze zou overbrengen naar een opvangtehuis voor
overbodig drukwerk, ze vonden hier tijdelijk onderdak, uit
genade, niet omdat ze er recht op hadden, hutjemutje bij elkaar, totdat vandaag of morgen de warme oostenwind met
de woestijnvogels hun kadavers zou verdelen, totdat papa
vandaag of morgen of op zijn laatst tegen de winter de tijd
zou vinden om hen meedogenloos te sorteren en het me-
rendeel van deze genadebroodeters het huis uit te gooien

(hij duidde ze aan met buitenlandse namen zoals: brochures, gazetten, magazines, journaals, pamfletten), om plaats te maken voor andere bedelaars, die het ook niet lang meer zouden maken. (Maar papa was barmhartig tegenover hen. Telkens weer beloofde hij zichzelf om te sorteren, te selecteren, weg te gooien, maar ik had de indruk dat er nooit ook maar één bedrukt blaadje ons langzaam maar zeker uit zijn voegen barstende huis verliet.)

Een subtiele geur, een grauw-stoffige geur, zweefde altijd over alle boekenkasten, een soort bezinksel van gekwelde buitenlandse lucht, die toch aantrekkelijk en opwindend was. Tot op de dag van vandaag kun je mij naar een kamer vol boeken brengen, en zelfs met geblindeerde ogen, zelfs met dichtgestopte oren weet ik meteen zeker dat het een kamer vol boeken is. Niet met mijn neusgaten maar met mijn huid vang ik de geuren op van een oude bibliotheek, een ernstige, bedachtzame ruimte, geladen met boekenpoeder dat fijner is dan alle stof, samen met een lichte ouderdomsdamp die van oud papier afkomt, vermengd met de aangename geuren van oude en nieuwe lijm, scherpe, bittere, bedompte, amandelachtige lijm, zurig-zweterige lijm, bedwelmende alcoholische lijm, verre geurverwanten van de wereld van wieren en jodium, en geuren die doen denken aan de loodlucht van vette drukinkten, en de geur van verteerd papier, aangevreten door vocht en lichte schimmel, en van goedkoop, verkruimelend papier, en aan de andere kant rijke, exotische geuren, duizelingwekkende, het gehemelte prikkelende geuren, die opstijgen van uitgelezen, albumachtig buitenlands papier. Over alles lag een geurdeken van de donkere lucht die jaren en jaren onbeweeglijk had stilgelegen, gevangen in de geheime ruimtes tussen de boekenrijen en de muur erachter.

In de brede, solide boekenkast links van papa's bureau waren de zware naslagwerken geconcentreerd, als het gebied van de artillerie van het loopgravendetachement achter de stoottroepen: lange rijen encyclopediedelen in diverse talen, woordenboeken, een reusachtige concordantie op de Bijbel, een atlas, lexicons, handboeken (waaronder ook een boek met de titel *Sleutel der sleutels*, waarin ik topgeheimen hoopte te vinden, maar er stonden alleen maar lijsten van duizenden boeken met zonderlinge namen in). De encyclopedieën, woordenboeken en lexicons waren bijna allemaal maarschalken, dat wil zeggen schitterende boeken in dikke leren omslagen met gestempelde gouden letters van een verfijnde ruwheid die je vingertoppen zo graag wilden aanraken, je hunkerde ernaar, zowel vanwege het genot van de streling als vanwege het verlangen naar de wijde verten van het weten, dat voor je afgesloten was doordat het in een andere taal was geschreven: net als het kruis, de ruiter, de burcht, het woud, de hut en de beek, het koetsje en de tram, de kroonlijst en de vestibule en de puntgevel, en jij, wie ben jij in vergelijking daarmee, niets meer dan een Hebreeuwse Ondergrondse-jongen wiens leven gewijd is aan de verwijdering van de vreemde overheerser, terwijl zijn ziel is verbonden met de ziel van de overheerser, want die komt zelf ook uit plaatsen met rivieren en wouden, plaatsen waar torens verrijzen en een windhaan lichtjes beweegt op het dak.

Rondom de gouden letters die op de leren banden gedrukt stonden, waren versieringen van bloemen en ranken aangebracht, symbolen van de uitgeverij en de reeks, waarin ik schilden en kroontjes zag van verschillende koningshuizen, graafschappen, prinsdommen, hertogdommen en overige adellijke dynastieën: er waren draken met gouden vleugels bij en briesende gouden leeuwen die samen een verzegelde of een uitgespreide boekrol ophielden, of een geserreerde afbeelding van een kasteeltoren, of verstrengelde kruisen als de snelle, kronkelende slang waarover we in de Bijbel gelezen hadden.

Soms legde papa zijn hand op mijn schouder en nodigde mij uit voor een rondleiding: dit was de zeldzame Amsterdamse editie. Dit was een druk van de weduwe en de gebroeders. Dit was het symbool van het koninkrijk Bohemen, dat van de aardbodem was verdwenen. En dit was een band van hertenleer en daardoor was hij roodachtig van kleur, als rauw vlees. En hier hadden we een druk van onschatbare waarde, een druk uit het jaar 5493, ofwel 1733, het zou heel goed kunnen dat dit exemplaar gestaan had in de bibliotheek van niemand minder dan de Ramchal, rabbi Mosje Chajiem Luzatto, en dat de handen van de Ramchal het doorgebladerd hadden. Zo een als deze was er zelfs niet in de collectie zeldzame boeken in de nationale bibliotheek op de Scopusberg, en wie weet, misschien waren er nog tien zoals deze over op de hele wereld, en misschien maar zeven, of minder. (Ik vond papa net aartsvader Abraham als hij deze dingen zei, Abraham die stond af te dingen over het aantal rechtvaardigen in Sodom.)

Van hier tot hier Grieks. En op de verdieping daarboven Latijn, dat je ook Romeins mocht noemen. En daar, over de volle breedte van de noordelijke muur, strekte zich de Slavische wereld uit, waarvan zelfs het alfabet voor mij was afgesloten. En hier de afdeling Frankrijk en Spanje, en daar, op die plank, somber en streng als donkere uniformen, in afzondering krachteloos beraadslagend, de Duitse wereld. (Ingewikkelde, krullerige letters, 'Gotische letters', zei papa zonder het uit te leggen, en ik stelde me het Gotische schrift voor als een wirwar van zich vertakkende paadjes in een kwaadaardig doolhof.) Terwijl daar, in een kast met glas ervoor, de verzameling van onze voorvaderen stond, allemaal bij elkaar (altijd zonder moeders; alleen maar dode vaders; geestverschijningen): de Misjna en de twee Talmoeds, de Babylonische en de Jeruzalemse, halacha's, misjna's, exegesen, poëzie, midrasjiem, Mechilta en Zohar, responsabundels, de lexicografische literatuur, *Joree dea* en *Even Häezer, Orach Chajiem* en *Chosjen Misjpat*, legenden, exempelen, het was een soort duistere voorstad, een vreemd, somber landschap, net een rommelig, dicht opeengebouwd groepje armoedige hutjes, verlicht door een armzalig olielampje, en toch was het me niet helemaal vreemd, het waren immers verre verwanten, want zelfs onbekende, eigenaardige titels als *Tosefta, Sjoelchan Aroech, Josipon* en *Chovot Halevavot*, zelfs die waren tot ons gekomen in Hebreeuwse letters, die mij enigszins het recht gaven me voor te stellen wat er gedekt was op die tafel en welke schulden er op die harten rustten.*

En er waren de geschiedenisafdelingen: vier aansluitende, volgepropte kasten, in een waarvan ook vluchtelingenboeken gepropt waren, boeken die te laat gekomen waren en geen rustplaats gevonden hadden en genoegen moesten nemen met een benauwde ligplaats op de schouders van hun oudere voorgangers. Van de geschiedeniskasten waren er twee gewijd aan de geschiedenis van de mensheid en twee aan het joodse volk. Bij de geschiedenis van de mensheid had ik op de onderste plank de dageraad van de mensheid gevonden, het begin van de beschaving (met huiveringwekkende illustraties), en boven het begin van de beschaving stond de geschiedenis van de oudheid, en daarboven de middeleeuwen (bloedstollende plaatjes, artsen in donkere gewaden met duivelsmaskers op bogen zich over stervende zieken in de tijd van de zwarte dood). En daarboven, zonovergoten, de renaissance en de Franse Revolutie, en daar weer boven, bijna tegen het plafond aan, boeken over de Oktoberrevolutie en de wereldoorlogen, die ik probeerde te bestuderen om te leren van de analyse van de fouten die eerdere commandanten hadden gemaakt. Alles wat ik niet kon lezen omdat het in een andere taal was, ploegde ik toch bladzijde voor bladzijde door in een onvermoeibare zoektocht naar tekeningen, illustraties en kaarten. Vele daarvan staan tot op de dag van vandaag in mijn geheugen gegrift: de uittocht uit Egypte. De val van de muren van Jericho. De strijd bij Thermopylae, dichte wouden van lansen en speren en spiezen en helmen die de schitteringen van het zonlicht weerkaatsen. Een kaart van de tochten van Alexander de Grote, met spectaculaire, brutale pijlen, die vanaf de grens van Griekenland almaar verder reiken, tot aan Perzië en zelfs tot aan India. En een afbeelding van een ketterverbranding op het plein van de stad, waarop de ketters te zien zijn terwijl de vlammen al aan hun voeten likken, en desondanks zijn hun ogen gesloten in toewijding en concentratie, alsof er uiteindelijk hemelse muziek voor hen ten gehore wordt gebracht. En de verdrijving van de Spaanse joden: massa's vluchtelingen met bundels en stokken samengeperst op een wrakkig schip op een woelige zee die wemelt van de monsters die duidelijk leedvermaak lijken te hebben om de verdreven joden. Of een gedetailleerd schema van de verspreiding van het joodse volk in het oosten, met dikke cirkels rond Saloniki, Izmir en Alexandrië. Een schitterende kleurenplaat van een oude synagoge in de stad Chalb. En verre takken van gemeenschappen van verdrevenen van Israël die uitbotten aan de uiteinden van de kaart, in Jemen, in Cochin, in Ethiopië (dat toen nog Abessinië genoemd werd). En een afbeelding van Napoleon in Moskou, en nogmaals Napoleon in Caïro aan de voet van de piramides: een kleine, ronde man, op zijn hoofd een soort driehoekige hoed die op een hamansoor lijkt, zijn ene hand wijst resoluut naar de wereldomspannende horizon, en zijn andere, verlegen hand verbergt zich in de plooien van zijn jas, want die kwam niet graag naar buiten. En de oorlogen van de *chassidiem* en de *mitnagdiem*: portretten van vertoornde rabbijnen. Een gedetailleerde kaart van de verspreiding van de chassidische hoven tegenover de afnemende verdedigingslinies waarachter de terugtrekkende mitnagdiem zich proberen te verschansen zonder hun tegenstand op te geven.* En de geschiedenis van de ontdekkingsreizigers, vloten van zeilschepen met gebeeldhouwde voorstevens die zee-engten doorkruisen in onbekende archipels, gesloten continenten, keizerrijken, de Chinese Muur, de tempels van Nippon, waar geen verstandige vreemdeling levend kwam, en woeste inboorlingen getooid met veren of met gekruiste beenderen van doden door hun neus gestoken. En kaarten van de walvisjagers, de Noordelijke IJszee en de Beringzee en Alaska en de baai van Moermansk. En hier verscheen Herzl al op het toneel, terwijl hij tegen een ijzeren balustrade geleund stond en trots en dromerig uitkeek over het water van het meer dat zich uitstrekte aan zijn voeten. Meteen na Herzl kregen we de eerste pioniers te zien die aan land gingen aan de kusten, arm, met weinigen, samengeperst als verloren schapen op een verlaten vlakte waar alleen maar zandduinen waren en een eenzame olijfboom, een beetje aan de zijkant. En een kaart van de eerste nederzettingen: een doenam hier en een doenam daar.* Ver uit elkaar. Maar van kaart tot kaart breidden ze zich uit en van tabel tot tabel namen ze in kracht toe. En hier stond kameraad Lenin, met een pet op, massa's toesprekend en opzwepend, terwijl ze allemaal met gebalde vuisten naar hem zwaaiden. Ik vond dat deze Lenin een beetje leek op onze dokter Weizman, die de Britten maar bleef vleien in plaats van hun een klap uit te delen. (Brigadier Dunlop? Moest die ook een klap krijgen?) En hier was een kaart van de nazi-kampen en foto's van skelet-joden, overlevenden. En hier schema's van beroemde slagen, Toebroek, Stalingrad, Sicilië, en hier marcheerde dan eindelijk de Joodse Brigade, Hebreeuwse soldaten met davidsterren op hun mouwen, in Afrika, in Italië, en foto's van muur-en-toren-kibboetsiem* in de bergen, in de woestijn, in de dalen, en de gezichten van geharde pioniers te paard, of op een tractor, met een geweer dat aan een riem schuin over hun borst hing, hun gezicht kalm en onverschrokken.

Dan deed ik het boek dicht en zette het precies op zijn plaats terug, nam een ander en bladerde en zocht weer, vooral tekeningen, illustraties en kaarten. Na een uur of twee was ik al een beetje dronken, een woeste panter in de kelder, kolkend van alle geloften en eden, ik wist met absolute precisie wat mij te doen stond en waaraan ik mijn leven zou wijden en ook waarvoor ik het zou offeren als het uur van de waarheid zou aanbreken.

Voor in de grote Duitse atlas, nog voor de kaart van het werelddeel Europa, stond een duizelingwekkende kaart van het heelal, nevels die onmetelijk ver weg waren, en oneindig ver verwijderde, zonderlinge sterren. Zoals het heelal op die kaart was ook papa's bibliotheek: er waren planeten die ik goed kende, en er waren geheimzinnige nevels, Litouws en Latijn, Oekraïens en Sloveens, en ook een oeroude taal die Sanskriet heette. En je had Aramees en je had Jiddisj, dat een soort maan van het Hebreeuws was, een bleke maan met littekens, die boven ons zweefde tussen wolkenflarden. En lichtjaren verwijderd van het Jiddisj waren er nog weer meer uitspansels, waarin bijvoorbeeld het Gilgamesj-epos blonk, en je had Oetnapisjtim en Homerische gezangen en Siddharta, en je had schitterende liederen die bijvoorbeeld Nibelungen heetten. Hiawatha. Of Kalevala. Van die welluidende namen die je een tintelend genot gaven in het puntje van je tong en je gehemelte als je ze binnensmonds liet rollen en binnensmonds uitsprak, fluisterend, alleen voor jezelf, Dante Alighieri, Montesquieu, Chaucer, Sjtsjedrin, Aristofanes, Tijl Uilenspiegel. En als je ze allemaal kende aan hun omslag en kleur en hun plaats in hun melkwegstelsel, en wist wie hun buren waren.

En jij? Wie ben jij in dit hele universum? Een blinde panter. Een ongeletterde wilde. Een kwajongen die streken uithaalt en de hele dag rondzwerft in het bos van Tel Arza. Een armzalig speeltje in de handen van een zekere armzalige Ben-Choer. In plaats van je vanaf nu, vanaf vandaag, vanaf vanmorgen op te sluiten, hier tussen deze boeken.

Voor tien jaar?

Voor dertig jaar?

Diep ademhalen, in een bron duiken en het ene na het andere raadsel gaan oplossen?

Hoe lang was de weg en hoe versluierd door mysteriën waren de geheimen van de boeken waarvan je alleen de naam kon ontcijferen. Je kon immers niet eens raden waar het eind was van de eerste lus van de ketting waaraan de sleutel hing van het kistje waarin de sleutel zat verborgen van de kluis waarin je misschien de sleutel wachtte van de buitenste tuin van de verste voorstad.

Allereerst moest ik het probleem van de Romeinse cijfers

overwinnen. Mama had me gezegd dat ze me in minder dan een half uur kon leren Romeinse cijfers te gebruiken. Daarna, als ik haar zou helpen met de afwas 's avonds, had ze beloofd me het Cyrillische alfabet te leren. Volgens haar kon dat binnen één à anderhalf uur. Papa van zijn kant had verzekerd dat het Griekse schrift heel dicht bij het Cyrillische schrift lag.

Daarna zou ik ook Sanskriet leren.

En ik zou ook het dialect leren dat papa *Hochdeutsch* noemde, wat hij voor mij vertaalde met 'Hoogduits'.

De naam 'Hoogduits' had een klank van vervlogen jaren. Van steden met een stadsmuur eromheen, met houten bruggen die bij het naderen van de vijand met kettingen opgehaald konden worden in het gat van de poort die bewaakt werd door twee burchttorens waar een soort rond punthoedje bovenop stond. Tussen de muren van deze steden leefden geleerde monniken in zwarte pijen, met kaalgeschoren hoofden, die avond aan avond zaten te lezen en te onderzoeken en te schrijven bij het licht van een kaars of het licht van een olielampje in een alkoof waarvan het enige raampje betralied was. Ik zou zijn zoals zij: een alkoof, een raampje, 's avonds een kaars, een tafel, stapels boeken, en stilte.

De boekenkasten beperkten in hoge mate de ruimte in de kamer, die niet groot was. In deze kamer, onder de boeken, stond ook het bed van mijn ouders: 's nachts klapten ze het open om te slapen en 's ochtends deden ze het dicht als een boek, stopten het beddengoed in zijn buik en veranderden het daarmee in een nette sofa met groenige bekleding. Op de sofa lagen vijf geborduurde kussentjes die ik gebruikte als de vijf heuvelen van Rome als ik de legers van Bar-Kochba tot de voet van het Capitool bracht en het imperium op de knieën dwong. En een andere keer waren de kussentjes commandoposten boven op de heuvels die uitkeken over de weg naar de Negev, of witte walvissen waarop ik jaagde op de Zeven Zeeën tot aan de kusten van Antarctica.

De slaapbank en papa's bureau, en het bureau en de salontafel en de twee krukjes van gevlochten riet, en de krukjes en mama's schommelstoel, werden slechts van elkaar gescheiden door kanalen, of zee-engten, die allemaal bijeenkwamen in de vlakte van het matje bij de schommelstoel. Dit meubilair bood mij boeiende mogelijkheden om vloot- en legermanoeuvres uit te voeren, aanvalsslagen, flankaanvallen, bestormingen, verrassingsaanvallen, en hardnekkige verdedigingen midden in dichtbebouwd gebied.

Papa bracht het geheime pakje onder op een plek die hij listig uitgekozen had in één lange reeks van klassieken uit de wereldliteratuur, vertaald in het Pools. De delen van de reeks waren lichtbruin van kleur, zodat het pakje erin opging en bijna niet zichtbaar was tussen de boeken: als een echte draak in een dicht tropisch woud, vol woudreuzen die allemaal de vorm van draken hadden. Hij waarschuwde mij en mama nogmaals: niet aanraken. Er niet in de buurt komen. Vanaf dit moment is de hele bibliotheek tot verboden terrein verklaard. Wie een boek nodig heeft, gelieve dat aan mij te vragen. (Ik vond dat een belediging: mama, ja, die kon zich inderdaad vergissen of er niet aan denken als ze stof afnam. Maar ik?! Die alle afdelingen van de bibliotheek uit mijn hoofd kende?! Die ook met een blinddoek voor alle rubrieken, voorsteden en geheime plekjes kon aanwijzen?! Ik was er immers bijna net zo goed in thuis als papa. Ik was erin thuis als een jonge panter in de jungle waar hij was geboren en opgegroeid.) Ik besloot niet in discussie te gaan: morgenochtend voor achten gingen ze allebei naar hun werk en dan was ik de Hoge Commissaris over dit hele rijk. Inclusief de schuilplaats van de draak. Inclusief de draak zelf.

ACHTTIEN

De volgende dag, op het moment dat de deur achter hen
dichtviel, liep ik naar de boekenkast en bleef ik dichtbij, op
ademafstand, staan, zonder het aan te raken. Ik probeerde
te ontdekken of het pakje een lichte chemische geur verspreidde, of op zijn minst een zweem van een geur. Maar
het waren slechts bibliotheekgeuren, burgerlijke geuren
van lijm en oude tijden en stof, die mij van alle kanten om-
gaven. Ik ging terug naar de keuken om de restanten van
het ontbijt in de koelkast en in de gootsteen te zetten. Ik
waste af en zette de vaat omgekeerd in het droogrek. Ik liep
de kamers door en sloot de luiken en de ramen tegen het
binnendringen van de zomer. Toen begon ik heen en weer
te lopen, een panter in de kelder, het traject tussen de
schuilplaats en de voordeur. Ik kon onmogelijk verdergaan
met het schetsen van de aanvalsplannen voor het paleis van
de Hoge Commissaris, waaraan ik tot gisteren had gewerkt:
dit bruine pakje, dat bij ons vermomd was als een klassiek
meesterwerk in het Pools, onschuldig sluimerend op de
plank, had mijn hart in zijn ban alsof er kooltjes smeulden
in huis.

In het begin waren het zwakke, bedeesde verleidingen,
hun ogen onderdanig neergeslagen, ze durfden nauwelijks
bij mij te zinspelen op datgene waarnaar ik werkelijk verlangde. Maar geleidelijk aan verzamelden ze moed, de verleidingen werden steeds duidelijker, ze likten aan de neu-

zen van mijn sandalen, kietelden in de holte van mijn hand, werden brutaal, knipoogden naar me, trokken me schaamteloos aan mijn mouw.

Verleidingen zijn wezens die lijken op een niesbui, die ook begint uit het niets, uit een zwak gekriebel achter in je neus, en vervolgens tot uitbarsting komt en alles meesleurt zodat je niet meer kunt ophouden. Doorgaans beginnen verleidingen met een lichte verkenningspatrouille, een groepje dat het gebied verkent, onbeduidende rimpelingen van vage opwinding, ongedefinieerd, en nog voordat je weet wat die opwinding eigenlijk van je wil, begint er van binnen geleidelijk iets te gloeien, zoals wanneer je een elektrisch kacheltje aanzet, als de spiraal nog grijs is en alleen maar allerlei plofjes laat horen, vervolgens een beetje roze wordt, dan gaat blozen en begint te gloeien en ten slotte brandt als een razende, en je voelt een bandeloze lichtzinnigheid opkomen, wat zou het, wat doet het ertoe, waarom niet, wat kan er helemaal gebeuren, alsof er van binnen een geluid klonk dat heel dof was, maar wild, volkomen ongebreideld, dat je verlokte en verleidde: kom op. Wat maakt het uit. Wat doet het ertoe. Per slot van rekening hoef je alleen maar je vingertopje heel heel dicht bij het papier van het geheime pakje te brengen. Alleen maar te voelen, zonder aan te raken. Alleen maar met de poriën in de huid bij de nagel de verborgen straling op te vangen die er misschien uit ontsnapt. Is het warm? Is het koud? Of een beetje trillerig, zoals elektriciteit? En wat zou het eigenlijk, waarom niet, wat kon er helemaal gebeuren door zo'n vluchtige aanraking, één maar? Heel licht? Snel? Het was per slot van rekening toch maar een uiterlijke verpakking, onverschillig, een verpakking zoals alle andere, hard (of zacht?), glad (of een ietsepietsje ruw, zoals het groene vilt dat op die bil-

jarttafel lag?) en vlak (of niet helemaal vlak? Zaten er misschien onzichtbare uitstulpingen in waardoor je vinger
aanwijzingen kreeg over wie weet wat?). Wat voor kwaad
zou het kunnen, een aanraking? Heel zachtjes, nauwelijks?
Ongeveer zoals wanneer je een bank of een hek onderzocht
waarop geschreven stond: 'NAT'?

En misschien zelfs wel iets meer dan een aanraking: voorzichtig, zachtjes knijpen. Zoals een dokter die met zijn
hand, heel voorzichtig, je buik betastte, om te onderzoeken
waar het pijn deed en of hij zacht of hard was. Of zoals je
vinger heel voorzichtig deed bij een peer: is hij al rijp? Nog
niet rijp? Alleen maar bijna? En trouwens, vanwaar die
angst om het even uit de kast te halen? Voor tien seconden
maar, of minder, alleen maar om het op je handen te wegen? Om na te gaan of het licht of zwaar was? Samengeperst? Compact? Hard? Of het was als een lexicon, of als
een tijdschrift met een papieren omslag? Of het leek op een
breekbaar voorwerp van glas, dat ingepakt was in allerlei
soorten stro, watten en zaagsel, want dan zou het misschien mogelijk zijn zowel de zachtheid van het omhulsel
als de hardheid van het voorwerp te voelen door de zachte
verpakking heen? Of het vol ondoordringbare zwaarte was
die naar het plafond trok, zoals een loden kist? Of misschien zou wel blijken dat het een bontachtig voorwerp
was, dat zich door het bruine pakpapier heen overgaf aan je
vingers, dat soepel werd in je handen, als een kussentje?
Een pluchen beer? Een kat? Wat kon het toch zijn? Alleen
maar een zweem van een aanraking, kijk, zo, alleen maar
een kus met een vingertop, alleen maar aanraken als damp,
als lippen, en dan alleen nog een nauwelijks merkbare streling, zo ja, en dan nog even je vinger erin prikken, zo, zachtjes, snel knijpen, en het een klein eindje tussen de boeken

uittrekken, zo, waardoor het mogelijk werd van de zijkant over de twee wangen van het pakje te strijken en de randen van het papieren plakband te voelen, en wat zou het, wat deed het ertoe, trek het er even uit en neem het in je armen, als een strijder die een gewonde kameraad op het slagveld draagt, pas alleen in hemelsnaam op dat het nu de meubels niet raakt, dat het nergens tegenaan stoot, dat het niet uit je handen valt. En vergeet in godsnaam niet welke kant boven stond. En denk eraan dat je een zakdoek gebruikt om geen overbodige vingerafdruk achter te laten, en dat je de zakdoek verwisselt om te voorkomen dat er straling in achterblijft.

Het pakje bleek koud en tamelijk hard te zijn, vierkant, precies zoals een boek dat is ingepakt in pakpapier, glad, maar niet glibberig. Ook het gewicht van het pakje leek in mijn handen op dat van een dik boek: minder dan de concordantie en iets meer dan het geografische lexicon.

En daarmee, hoopte ik, hadden we het gehad. Ik was bevrijd. De verleidingen hadden hun prooi gekregen en zouden nu verdwijnen, voldaan, en ik kon eindelijk weer aan het werk.

Fout.

Het was precies andersom.

Als een troep wilde honden die vlees hadden geroken dat droop van het bloed: juist nadat je ze ervan had laten proeven, gingen de honden zich als wolven gedragen. Tien minuten nadat ik het op zijn plaats had teruggezet, vielen de verleidingen mij aan vanuit een onbeschermde, onverwachte flank:

Ben-Choer roepen. Hem vragen hierheen te komen.

Hem in het diepste geheim verklappen wat er bij ons thuis was. En als hij het niet zou geloven, hem het pakje laten zien en hem daarmee overrompelen om eindelijk eens met mijn eigen ogen te zien hoe de onverschilligheid van de jachtluipaard in een oogwenk zou veranderen in verbijsterde verwondering. De dunne dictatoriale lippen die zo spaarzaam opengingen, zouden zich wijd opensperren van schrik. En meteen daarna, zoals de ochtendnevels die oplossen als de zon opkomt, zou ook de affaire-Orient Palace oplossen. Ik zou hem dwingen te zweren dat hij nooit zou verklappen wat hij te zien had gekregen. Ook niet aan Tsjita. En overigens zou hij alleen maar even een blik mogen werpen op het pakje, en moest hij meteen vergeten wat hij gezien had.

Maar hij zou het niet vergeten. Nooit. En zo, in de schaduw van het gevaar van arrestatie dat ons beiden van nu af boven het hoofd hing, zou er opnieuw een hechte, openhartige vriendschap tussen ons gesmeed worden. Zoals tussen Jonatan en David. Samen zouden we spioneren en samen zouden we geheimen verzamelen. En we zouden ook samen Engels leren bij brigadier Dunlop, omdat de man die de taal van de vijand beheerst, ook zijn gedachtegang beheerst.

Vreemd, bijna ondraaglijk, was plotseling het gevoel dat ik hier, alleen in dit huis, de hele ochtend en de hele middag, als enige meester was over een woeste, vernietigende storm die intussen lag te sluimeren in een schijnbaar onschuldig pakketje, een pakketje dat zich aardig had aangepast aan een reeks klassieken over de hele lengte van die plank.

Nee. Van Ben-Choer kon geen sprake zijn. Ik zou het alleen doen. Zonder hem.

Tegen de middag barstten er nieuwe, krankzinnige verleidingen los, als een onweer dat woedde in mijn borst en buik: alles is nu in jouw handen. Als je werkelijk wilt, is van nu af alles mogelijk. Alles hangt af van jouw wil. Neem dit ene pakje. Je kunt er tussen de klassieken op de plank een ander pakje voor in de plaats zetten, zomaar een boek in net zulk papier, en niemand zal het merken. Zelfs papa niet.

En jij, mens, sta op en vervoer het vernietigingsmechanisme in je schooltas rechtstreeks naar het paleis van de Hoge Commissaris. Bind het met een ijzerdraadje onder de auto van de Hoge Commissaris op het parkeerterrein. Of blijf geduldig op hem staan wachten bij de poort en gooi het voor zijn voeten als hij naar buiten komt.

Of zo: een Hebreeuwse jongen uit Jeruzalem blaast zichzelf op om het geweten van de wereld wakker te schudden en te protesteren tegen de plundering van zijn vaderland.

Of misschien heel onschuldig aan brigadier Dunlop vragen of hij het pakje op de kamer van de commandant van de geheime dienst wilde leggen? Maar nee: dan kon hij zelf gewond raken of in problemen komen.

En ik kon ook een dodelijke explosieve lading bevestigen op de punt van onze raket en dreigen dat ik de stad Londen van de kaart zou vegen als Jeruzalem niet bevrijd zou worden.

Of Ben-Choer en Tsjita onschadelijk maken. Om het ze goed in te peperen.

En zo ging het maar door, tot in de middag, toen er als gif een nieuwe, angstaanjagende verleiding de kop opstak. Die aan mij begon te knagen, gravend, blind, zo'n molachtige verleiding, op zoek naar duistere plaatsen, ondermijnend, het soort verleiding dat olie op het vuur gooit. (Ik had in het woordenboek gezien dat er een speciaal Hebreeuws woord is voor zo'n zuigende, opslorpende verleiding: *madoeach* – 'verzoeking'. Net als *nidach* – 'verbannen' – en *hadacha* – 'misleiding'. Of als *dechia*, dat 'uitstel' betekende, maar ook 'verzet' en 'verwijdering' en ook 'afkeer'. En vreemd genoeg, terwijl het woord *dochee* 'weerzinwekkend' betekende, betekende het woord *lehadiach* ook 'spoelen' en 'wassen'. *Lehadiach keliem* – 'de afwas doen' – bijvoorbeeld. Kwam dat van dezelfde wortel? En kon je ook een overtreding afspoelen en kon je misdaden afspoelen? En zo waren we weer terug bij *madoeach* – 'verzoeking'.)

Deze verzoeking klampte zich vast, liet niet af, trok hart en middenrif tussen mijn ribben vandaan, spleet mijn binnenste, die lelijke, koppige verzoeking vleide en smeekte en knipoogde naar me, beloofde me koortsachtig fluisterend de zoetheid van verdorven lekkernijen, een heimelijk genot zoals ik nog nooit had geproefd of alleen in mijn dromen, een verschrikkelijke, bandeloze zoetheid:

Het pakje juist hier op zijn plaats tussen de klassieken laten staan. Het met geen vinger aanraken.

Naar buiten gaan. Het huis afsluiten. Rechtstreeks naar Orient Palace gaan.

Als hij er niet zou zijn, dan niet. Dat zou een teken zijn. Maar als hij er was, dan was dat een teken dat het echt moest. Een teken dat die zoetheid hoe dan ook uit zijn voegen moest barsten en verwezenlijkt moest worden.

Hem vertellen wat er bij ons verborgen was.

Hem vragen wat ik ermee moest doen.

Doen wat hij me zou vertellen.

Verzoeking.

Even voor vieren was het moment dat ik bijna.

Maar ik wist me te beheersen. Met ijzeren hand. In plaats van naar Orient Palace te gaan at ik erwtjes met een gehaktbal uit de koelkast, en twee aardappels, alles koud, ik had geen geduld om het op te warmen. Daarna deed ik van buiten de deur van de kamer van mijn ouders dicht en van binnen de deur van mijn kamer en ik ging languit liggen, niet op het bed, maar op de koele grond, in het nisachtige hoekje tussen het bed en de kast, en daar, in het gestreepte licht dat als een ladder van schaduwen door de spleten van het luik schemerde, las ik anderhalf uur lang in een boek dat ik al kende, over de reizen van Magalhães en Da Gama. Over eilanden en baaien en vulkanen en over de grootsheid van het oerwoud.

NEGENTIEN

Ik zal nooit de beklemming van de angst vergeten: als een ring van koud staal die zich samentrekt rond je trillende hart: in alle vroegte, na de krantenjongen en nog voor de melkboer, te midden van de eerste vogels, reed door onze straat een Britse pantserwagen met een luidspreker, die mij en ons wakker maakte. In het Engels en het Hebreeuws werd een huiszoeking aangekondigd vanaf half zeven tot nader order. Wie zich buiten zou bevinden, bracht moedwillig zijn leven in gevaar.

Op blote voeten, met slaap in mijn ogen, ging ik in het bed van mijn ouders liggen. Ik voelde me verstijfd, niet van de kou maar door de addergreep van een boos voorgevoel: ze zouden het immers vinden. Moeiteloos. Wat een belachelijke schuilplaats, het was helemaal geen schuilplaats, gewoon een lichtbruin pakje, tussen een rij boeken gestopt met minder lichte omslagen. En het viel op tussen de boeken, want het was dik en breed en hoog, als een rover die een jutezak heeft omgedaan en zich zo tussen een processie van nonnen dringt. Papa en mama zouden ze gevangenzetten in een cel in het Russisch Erf, of ze zouden hen naar de gevangenis van Akko slepen. Wie zou zeggen of ze niet geboeid het land uitgezet zouden worden, naar Cyprus, naar Mauritius, naar Eritrea, misschien wel naar de Seychellen. Hard en somber, vlijmscherp, stak in mijn borst de uitdrukking 'land van ballingschap'.

En wat moest ik dan doen, alleen in dit huis, want als geen ander wist ik hoe het in een oogwenk kon veranderen, van prettig klein en opgeruimd in reusachtig en ritselend van kwaadaardigheid, in de nachten, de weken, de jaren die zouden volgen, alleen in huis, alleen in Jeruzalem, volkomen alleen, want oma en opa (van beide kanten) en de ooms en tantes die er geweest waren, waren allemaal vermoord door Hitler en ook mij zouden ze vermoorden hier op de keukenvloer als ze hier zouden komen en mij uit mijn armzalige schuilplaats in de bezemkast zouden trekken. Dronken, antisemitische Engelse soldaten, of bloeddorstige Arabische bendes. Omdat wij de weinige rechtschapenen waren, en altijd rechtschapen maar met weinigen waren geweest, van alle kanten omsingeld en zonder één vriend in de wereld. (Behalve brigadier Dunlop? Die jij bespioneert en aan wie je geheimen ontfutselt? Verrader, verrader. Hopeloos geval.)

We lagen even met zijn drieën in bed. We spraken niet. Totdat papa's kalme stem kwam, een stem die als het ware een cirkel van redelijke beheersing in het donker van de kamer tekende. Hij zei: 'De krant. We hebben immers nog 32 minuten. Ik heb beslist nog voldoende tijd om de krant te halen.'

Mama zei: 'Alsjeblieft. Blijf hier. Ga niet naar buiten.'

En ik steunde haar maar probeerde toch mijn stem op die van hem en niet op die van haar te laten lijken: 'Je moet echt niet naar buiten gaan, papa. Het is beslist niet logisch om jezelf in gevaar te brengen vanwege een krant.'

Hij kwam even later terug, nog steeds in zijn blauwe pyjama en met zijn open zwarte sandalen, triomfantelijk bescheiden glimlachend naar ons, alsof hij terugkeerde uit de jungle waar hij voor ons op een leeuw gejaagd had. En hij gaf de krant aan mama.

Ik hielp hen met het opvouwen van hun bed, dat meteen na de sluiting deed alsof het een nette sofa was, er was niets verdachts aan, je mocht je niet eens voorstellen dat hij ook een absoluut intieme binnenkant had, verborgen dekens, kussens, lakens en een nachthemd: ze waren er nooit geweest.

Ik van mijn kant verspreidde over de bank de vijf dagkussentjes, met precies gelijke ruimtes ertussen. Ook mijn eigen bed maakte ik op. We slaagden er alle drie nog in ons te wassen en aan te kleden, alles op zijn plaats te zetten, het tafelkleed recht te leggen én mama's pantoffels onder de bank vandaan te halen, en de hele tijd vermeden we nauwgezet, volgens een woordeloze afspraak, een blik te werpen in de richting van het pakje. Dat gedurende de nacht om de een of andere reden besloten had te gaan opvallen, en nu uitstak tussen de Poolse klassieken als een lompe soldaat die zich tussen de ochtendparade van gymnasiumleerlingen heeft gedrongen. Precies toen mama op het punt stond de bloemen in de vaas te verschikken en papa het papier van het vloeiblad op zijn bureau had verwisseld en ik naar de keuken was gestuurd om de tafel te dekken, kwam de klop op de deur. Een Engelse stem vroeg of hier iemand was, alstublieft. Papa antwoordde meteen, eveneens in het Engels, en eveneens beleefd: 'Meteen alstublieft. Een ogenblikje.'

En hij deed hun open.

Tot mijn verbazing waren het er maar drie: twee eenvoudige soldaten (een van hen had een litteken van een brandwond dat zijn halve gezicht rood kleurde, zoals bij de slager), vergezeld van een jonge officier met een smalle borst en een lang, smal gezicht. Ze droegen alle drie een lange korte broek en kaki kousen die de broek bijna ontmoetten in de buurt van de knieën. De twee soldaten waren gewapend met tommyguns waarvan de monden naar de grond waren gericht, alsof ze hun ogen neersloegen, en terecht, uit schaamte en schande. De officier had een pistool in de hand, eveneens naar de grond gericht, dat leek op het pistool van brigadier Dunlop. (Zouden het misschien kennissen van hem zijn? Vrienden? Als ik nu eens meteen zou zeggen dat ik een vriend was van de brigadier? Zouden ze dan afzien van de huiszoeking bij ons? En er zelfs mee instemmen samen met ons te ontbijten en een gesprek aan te knopen waarin we hun eindelijk de ogen zouden kunnen openen, zodat ze zouden zien welk onrecht ze ons aandeden?)

De woorden 'komt u binnen, alstublieft' sprak papa uit met een speciale, nadrukkelijke beleefdheid. De tengere officier was even uit het veld geslagen, alsof papa's beleefdheid de hele huiszoeking in deze woning veranderde in een uitgesproken ongemanierde daad. Hij verontschuldigde zich vanwege de storing zo vroeg in de ochtend, legde uit dat het helaas zijn plicht was kort te onderzoeken of alles hier conform de wet was, en stopte zonder dat hij er erg in had zijn pistool terug in de holster en knoopte de holster vast zoals het hoorde. Even was er een lichte aarzeling, zowel bij hen als bij ons: het was niet duidelijk hoe we verder moesten gaan. Misschien was er nog iets wat per se gezegd moest worden, door ons of door hen, voordat we verder konden gaan?

De jonge arts dokter Grippius van de ziekenfondspraktijk in de Ovadjastraat had voordat ze mij onderzocht altijd de grootste moeite om woorden te kiezen waarmee ze mij kon vertellen dat ik me tot op mijn onderbroek moest uitkleden. Ik stond daar dan geduldig te wachten, evenals mama, totdat dokter Grippius moed verzameld had en in grindachtig Duits-Hebreeuws zei: 'Alstublieft alle de kleren uittrekken, alleen de onderbroek hoeft men niet uittrekken.' Bij het woord 'onderbroek' kon je heel goed merken dat ze het buitengewoon onaangenaam vond. Alsof ze van mening was dat er in het Hebreeuws een ander woord voor gevonden moest worden, minder lelijk, veel minder gearticuleerd (en daarin had ze volgens mij gelijk). Korte tijd na het ontstaan van de staat werd dokter Grippius verliefd op een blinde Armeense dichter en ging ze hem achterna naar Cyprus, drie jaar later kwam ze alleen terug en dook weer op bij ons in de ziekenfondspraktijk, en het enige wat er aan haar was veranderd, was een nieuwe trek, een magere, bittere trek. Ook al was ze eigenlijk niet magerder geworden maar misschien eerder kleiner. Verschrompeld. Maar ik heb immers al geschreven dat ik moeilijk kan leven en zelfs moeilijk kan inslapen zonder dat er een strenge orde heerst. Daarom zullen dokter Magda Grippius en haar blinde dichter en de fluit die *flute* werd genoemd, die ze meegenomen had bij haar terugkeer uit de stad Famagusta, en de vreemde melodieën die ze soms om twee of drie uur 's nachts speelde, en ook haar tweede man, die snoepimporteur was en een drankje tegen vergeetachtigheid had uitgevonden, en ook de kwestie van de passende en niet-passende woorden voor intieme kledingstukken en lichaamsdelen, allemaal moeten wachten tot een ander verhaal.

De officier wendde zich eerbiedig tot papa, als een welopgevoede leerling tot zijn leraar: 'Met uw permissie. Wij zullen ons uiterste best doen om het kort te maken, maar intussen moet ik u tot mijn spijt verzoeken deze hoek niet te verlaten.'

Mama vroeg: 'Mag ik u een kopje thee aanbieden?'

De officier zei verontschuldigend: 'Dank u, nee. Tot mijn spijt zijn wij hier in functie.'

En papa in het Hebreeuws, met zijn redelijke, gelijkhebbende stem: 'Je overdreef een beetje. Dat was overbodig.'

De huiszoeking zelf oogstte weinig waardering bij mij, uit professioneel oogpunt. (Ik ging stiekem nog zo'n anderhalve meter naar voren, tot aan het kruispunt van de gang, waardoor ik een uitzichtpunt had dat het grootste gedeelte van het gebied van de woning bestreek.)

De soldaten gluurden onder mijn bed, deden de kast open die op mijn kamer stond, verschoven de kleerhangers, rommelden wat in de laden van de bloesjes en het ondergoed, wierpen een blik in de keuken en nog een vluchtige blik in de wc, concentreerden zich om de een of andere reden op de koelkast, doorzochten het gebied erboven, eronder, erachter, op twee plaatsen in het huis onderzochten ze de muur door te kloppen, en intussen bestudeerde de officier papa's kaartenwand. De soldaat met het verbrande gezicht ontdekte een los haakje in de gang, onderzocht hoe slap het was, totdat de officier vermanend tegen hem zei dat het nog zou afbreken als hij niet uitkeek. De soldaat gehoorzaamde en hield ermee op. Allemaal gingen ze de kamer van mijn ouders binnen en ook wij gingen achter hen aan naar binnen. De officier was blijkbaar vergeten dat wij in de hoek van de gang moesten blijven, de afmetingen van de bibliotheek verbijsterden hem zienderogen, en met aarzelende stem vroeg hij papa: neemt u mij niet kwalijk, is het hier een school? Of een soort religieuze plaats?

Papa haastte zich een uitleg te verschaffen en gaf zelfs een gedetailleerde toelichting. Mama slaagde er nog in hem toe te fluisteren: laat je niet meeslepen, maar tevergeefs. Hij werd al woest meegevoerd op de rijzende stroom van zijn didactische instincten en begon in het Engels uit te leggen: 'Dit is een absoluut particuliere bibliotheek. Voor onderzoeksdoeleinden, meneer.'

Het leek alsof de officier het niet begreep. Hij informeerde beleefd of papa soms boekverkoper was. Of boekbinder.

'Onderzoeker, meneer,' benadrukte papa lettergreep voor lettergreep in zijn Slavische Engels, en voegde er meteen aan toe: 'Historicus.'

'Interessant,' merkte de officier op en zijn gezicht werd rood, alsof hij een standje had gekregen.

Even later, toen hij zijn zelfverzekerdheid had teruggekregen en zich misschien plotseling zijn rang en functie herinnerde, voegde hij er met nadruk aan toe: 'Heel interessant.'

Toen vroeg hij of hier ook boeken in de Engelse taal waren.

Deze vraag beledigde papa, maar wakkerde ook zijn geestdrift aan, zoals wanneer je geweerpatronen met een nietdoorboord slaghoedje in het vuur gooit. Alsof de hoogmoedige officier met één schot zowel de trots van de geleerde-verzamelaar als onze historische positie als een van de grote cultuurvolken had gekwetst. Dacht hij soms, die arrogante goj, dat hij hier in een of ander inboorlingenhuisje was beland in een dorpje in Maleisië? In de hutten van de leden van een Oegandese stam?

Terstond begon papa, vol vuur, woest, ziedend, alsof hij hiermee het bestaansrecht van het zionisme zelf verdedigde, het ene na het andere Engelse boek van zijn planken te trekken, met luide stem hun titels te verkondigen en het jaar van hun publicatie en editie, en stopte hij ze een voor een in de handen van de officier. Alsof hij daarmee een officiële kennismakingsceremonie uitvoerde tussen zijn oude gasten en een nieuwe gast die net aangekomen was op het feest. 'Lord Byron, gedrukt in Edinburgh. Milton. Shelley en Keats. En dit is Chaucer in een geannoteerde editie. Ro bert Browning, een vroege, ingekorte druk. Een complete Shakespeare, volgens de tekst van Johnson, Stevens en Read. En hier, in deze kast, hebben wij de filosofen, hier is Bacon, Mill, Adam Smith, John Locke en bisschop Berkeley, en de enige echte David Hume. En hier, in een bibliofiele druk...'

De officier herstelde zich, ontdooide een beetje, waagde het zelfs hier en daar een voorzichtige vinger uit te steken om zachtjes de kleding van deze landgenoten te bevoelen. Terwijl papa, woest en in een overwinningsroes, heen en weer rende tussen de kasten en de gast, hier wat uittrok en daar wat uittrok en nog meer aanbood, hij sloeg de vijand met zijn duizenden en zou hem binnenkort slaan met zijn tienduizenden. Telkens weer probeerde mama hem vanaf haar plaats bij de bank te waarschuwen met een wanhopige grimas: kijk nou toch, nog even en hij zou eigenhandig een ramp over ons allemaal afroepen.

Tevergeefs.

Want papa was alles vergeten, hij vergat het pakje en de Ondergrondse, vergat het lijden van ons volk, vergat degenen die altijd maar weer tegen ons opstonden om ons te gronde te richten, vergat mama en mij, en werd meegevoerd naar onmetelijke verten van de vreugde van de zielsverheffing: als hij eindelijk maar eens kon bewijzen aan de Britten, een in wezen verlicht en moreel hoogstaand volk, wat wij, hun onderdanen die hier in een afgelegen hoekje van het imperium moesten lijden, wat wij eigenlijk een geweldige mensen waren, beschaafd, verlicht, kenners van het boek, liefhebbers van poëzie en filosofie, dan zouden ze meteen van gedachten veranderen en zou elk misverstand uit de wereld zijn. Dan zouden eindelijk zowel wij als zij vrij zijn om oog in oog met elkaar te gaan zitten praten zoals het ons paste over de dingen die uiteindelijk de zin en het doel van het leven vormden.

Een paar keer probeerde de officier er twee woorden tussen te krijgen, een vraag te stellen, of misschien alleen maar afscheid te nemen om verder te gaan met de uitoefening van zijn taak, maar geen kracht ter wereld had papa halverwege kunnen stoppen: blind en doof en fanatiek ging hij door met het onthullen van de schatten van zijn heiligdom voor de ogen van de verbijsterde vreemdeling.

De magere officier restte niets anders dan van tijd tot tijd te mompelen: 'Indeed', of: 'How very exciting', alsof hij hier in een valstrik was gelopen en als gijzelaar werd vastgehouden. De twee soldaten in de gang begonnen met elkaar te fluisteren. De verbrande wang wierp een onnozele blik op mama. Zijn maat grinnikte en krabde zich. Mama van haar kant hield de zoom van het gordijn vast en haar vingers bewogen wanhopig van de ene plooi naar de andere, waarbij ze elke plooi afzonderlijk samendrukten, kneedden en straktrokken.

En ik?

Het was mijn plicht een geheime manier te vinden om papa te waarschuwen, die de Britse officier steeds dichter in de richting van de gevaarlijke plank trok. Maar hoe kon ik dat? Het weinige dat ik kon doen was in geen geval kijken in de richting waarin je beter niet kon kijken. En nu was de bruine envelop zelf plotseling gegrepen door de lust tot verraad, hij was gaan opvallen, gaan uitsteken in de rij klassieken, als een slagtand die tussen melktanden groeit, van veraf schreeuwend door zijn kleur, zijn grootte, zijn dikte.

Op hetzelfde moment werd ik weer aangevallen door de verzoeking. Zoals me soms overkwam tijdens de donderende Bijbellessen van meneer Zeroebavel Gichon, als er een zacht gekriebel in mijn borst begon, een licht gekietel in mijn keel, bijna niets, het bewoog even, verdween, bewoog weer en begon dan te stijgen en te duwen tegen de dam en vergeefs probeerde ik nog een minuut te winnen, nog een seconde, perste mijn lippen opeen, klemde mijn tanden op elkaar, spande mijn spieren, maar de lach brak door als een lawine en stortte over de hellingen en meteen vloog ik de klas uit. Zo gebeurde het ook op de ochtend van de huiszoeking, die ochtend was het echter geen lachkriebel maar de kriebel van het verraad. De verzoeking.

Het was net zoals wanneer je bijna moet niezen, het begint te druppelen uit je hersenen en knijpt achter in je neus en laat je ogen tranen, ook als je probeert het te onderdrukken, weet je immers al dat het een verloren zaak is. Dat het moet gebeuren. Dat dit het was. Zo begon ik de vijand te leiden naar het pakje dat de Ondergrondse ons gevraagd had te verstoppen. Het pakje dat waarschijnlijk het ontstekingsmechanisme van de Hebreeuwse atoombom bevatte die in staat was ons van nu tot aan het einde der tijden te bevrijden van het lot van het opgejaagde schaap, het lam naar de slachtbank, de ooi tussen zeventig wolven.

'Heel warm,' zei ik (zoals bij het bekende spelletje).

En toen: 'Heet.' 'Een beetje kouder.' 'Lauw.' 'Het koelt weer af.' 'IJskoud.'

En daarna: 'Het wordt warmer. Warm. Warm. Heel goed, bijna kokend.'

Ik heb er geen verklaring voor. Ook nu niet. Misschien was het een soort vage wens dat eindelijk datgene zou gebeuren wat moest gebeuren. Dat het niet langer zou dreigen als een los rotsblok dat ons boven het hoofd hing. Of als het trekken van een verstandskies: dat het maar zou gebeuren. Dat het zou gebeuren en daarmee uit.

Want ik had er schoon genoeg van.

Want hoe kon het nog langer zo?

En toch won de verantwoordelijkheid het van me. Mijn warm en koud had ik alleen maar van binnen uitgesproken, in de kooi van mijn verzegelde lippen.

De Engelse officier legde de berg van boeken, die op elkaar in zijn armen lagen en al bijna tot zijn kin reikten, voorzichtig op de salontafel. Hij bedankte papa tweemaal, verontschuldigde zich nogmaals tegenover mama voor de onaangenaamheid en de overlast, en berispte fluisterend de soldaat die met zijn vinger een van de kaarten aanraakte. Toen ze weggingen, al voorbij de deur maar nog voordat hij in het slot viel, wendde hij zijn blik naar mij en gaf me plotseling een knipoog, alsof hij uitsluitend tussen ons tweeën zei: wat valt eraan te doen?

En ze gingen.

Twee dagen later werd het algemene uitgaansverbod opgeheven en was er weer alleen een avondklok. In de buurt werd verteld dat ze bij de familie Witkin, meneer Witkin van Barclays Bank, een magazijn met pistoolkogels hadden gevonden. Er werd verteld dat ze hem geboeid hadden afgevoerd naar het Russisch Erf. En het bruine pakje was na een paar dagen verdwenen tussen de klassieken. Verdampt. Er was geen ruimte overgebleven tussen de boeken. Alsof het er nooit geweest was. Als een droom.

TWINTIG

Ik heb al eerder verteld over de afgesloten medicijnla en over mama's taak in de Ondergrondse. In de nachten van de avondklok, als ik wakker werd door een geweersalvo of het geluid van een explosie die de nachtelijke aarde deed trillen, probeerde ik soms niet meer in slaap te vallen nadat de stilte was weergekeerd. Gespannen lag ik te wachten en hoopte dan het geluid van heimelijke stappen op de stoep onder mijn raam op te vangen, gekras aan de deur, gefluister in de gang, gesmoord gekreun van pijn tussen opeengeklemde tanden. Het was mijn plicht niet te weten wie de gewonde was. Niets te zien, niets te horen en niets te vermoeden van de reservematras die 's nachts op de keukenvloer gelegd werd en nog voor het aanbreken van de dag verdwenen zou zijn.

Die hele zomer wachtte ik. Er kwam niet één gewonde strijder.

Vier dagen voor het eind van de grote vakantie, voor het begin van de zevende klas, gingen mama en papa naar Tel Aviv om deel te nemen aan een avond ter herinnering aan het stadje waar ze vandaan kwamen.

Mama zei: 'Let op. Jardena heeft aangeboden hier 's nachts te blijven slapen om op jou te passen, want wij blijven logeren in Tel Aviv. Jij gedraagt je als een engel. Je valt haar niet lastig. Je helpt haar. En je eet wat er op je bord ligt, denk eraan dat er in de wereld kinderen doodgegaan zijn die nog een week hadden geleefd als ze alleen maar gekregen hadden wat jij laat liggen.'

Verborgen in de buikholte bestaat een bron, die de onderzoekers nog niet ontdekt hebben, en naar deze bron stroomt al het bloed op zijn vlucht uit het hoofd, uit het hart, uit de knieën, en daar, op de bodem van de bron, verandert het van bloed in een oceaan en laat het het geruis van de oceaan horen.

Ik verzamelde het restant van mijn stem en antwoordde, terwijl ik de krant die op de tafel lag, in tweeën, in vieren en in achten vouwde: 'Het komt wel in orde. Gaan jullie maar.'

En ik probeerde hem zonder succes nog verder op te vouwen.

De vraag die ik mezelf gesteld had onder het opvouwen van de krant was of de wetenschap al een manier had uitgevonden, en als dat niet het geval was, of ik dan zelf in staat zou zijn binnen een paar uur een methode uit te vinden die het een mens mogelijk maakte volkomen te verdwijnen, zonder enig spoor, gedurende ongeveer een etmaal. Uitgewist te worden. In het niets op te lossen. Niet leeg te worden, zoals, laten we zeggen, de ruimte tussen de sterren, maar te verdwijnen en tegelijkertijd hier te blijven en alles te zien en te horen. Tegelijkertijd mezelf en een schaduw te zijn. Aanwezig te zijn zonder aanwezig te zijn.

Want wat moest ik doen in aanwezigheid van Jardena? Wat moest ik aan met de schande? En dan nog wel hier, in ons eigen huis? Moest ik haar vragen om mij te vergeven? Voor- of nadat ik erachter gekomen was (en hoe kom je daarachter, idioot?) of ze eigenlijk wel naar buiten gekeken had en had opgemerkt, of niet had opgemerkt, dat er naar haar gegluurd was vanaf het dak aan de overkant van de straat? En als ze het had opgemerkt, had ze dan ook opgemerkt wie de gluurder was? Moest ik het inderdaad bekennen? En zo ja, hoe zou ik haar er dan van kunnen overtuigen dat alles alleen maar toevallig was geweest? Dat ik beslist niets bij haar gezien had? Dat ik absoluut niet de beruchte dakengluurder van onze buurt was, over wie fluisterend gesproken werd en die men al een paar maanden vergeefs probeerde te betrappen? En dat ik ook toen ik gluurde (één keer maar! en maar ongeveer tien seconden!) het niet op haar lichaam voorzien had maar op de intriges van het Engelse bewind? En dat het alleen maar toevallig zo was uitgepakt? (Wat was uitgepakt? Wat had ik gezien? Niets. Een donkere streep, een lichte streep, een donkere streep.) Of moest ik misschien een leugen voor haar verzinnen? Wat voor leugen? En hoe? En hoe zat het met die gedachten die ik sindsdien over haar koesterde?

Ik kon maar beter mijn mond houden.

Het was beter dat zowel zij als ik probeerden te doen alsof het gebeurde nooit had plaatsgevonden. Zoals papa en mama zwegen over het pakje dat bij ons verborgen was geweest in de dagen van de huiszoekingen, en zoals ze zwegen over nog veel meer dingen: zwijgen dat leek op bijten.

Mijn ouders vertrokken om drie uur, niet voordat ze van mij een reeks beloftes hadden geëist en gekregen: goed onthouden, opletten, niet vergeten, eraan denken, en in elk geval, en vooral, en toch vooral niet. Toen ze weggingen zeiden ze: 'In de koelkast ligt allerlei lekkers en vergeet niet haar te laten zien waar alles ligt en wees aardig tegen haar en help haar en wees haar niet tot last. En vergeet vooral niet tegen haar te zeggen dat de bank in onze kamer al voor haar openstaat om in te slapen, en vertel dat er een briefje voor haar in de keuken ligt en dat de koelkast vol zit met allerlei lekkers, en zorg jij dat je voor tien uur in bed ligt en denk eraan dat je het huis op slot doet met de twee sleutels en zeg tegen haar dat ze de lichten moet uitdoen.'

Ik was alleen. Ik wachtte. Honderd keer liep ik van de ene kamer naar de andere om te onderzoeken of alles netjes was en of er iets niet precies klopte. Ik vreesde en hoopte ook een beetje dat ze vergeten was dat ze beloofd had bij ons te komen. Of dat ze niet voor het begin van de avondklok hier zou kunnen zijn en dat ik de hele nacht alleen zou blijven. Toen haalde ik mama's naaigerei uit de kast en naaide een knoop aan mijn bloes, niet omdat hij er afgevallen was, maar omdat hij loszat en ik niet wilde dat hij er net af zou vallen als Jardena hier was. Toen pakte ik de afgebrande lucifers die we in een apart pakje hadden zitten, naast de nieuwe lucifers, om opnieuw te gebruiken, uit zuinigheid, om het vuur over te brengen van de primus naar de petroleumbrander of omgekeerd. Deze afgebrande lucifers verstopte ik ver weg achter de kruiden, want ik was bang dat Jardena ze zou zien en zou denken dat we arm of gierig waren of een niet zo proper gezin waren. Toen ging ik wat voor de grote spiegel staan aan de binnenkant van de deur van de kleerkast, snoof een vage zweem op van de mottenballengeur die altijd in de kast hing en me altijd aan de winter deed denken. Ik keek in de spiegel en probeerde eens en voor altijd met een volkomen objectieve blik, zoals papa eiste, vast te stellen wat je zag als je mij zag:

Je zag een bleek soort kind. Een smal en scherp, hoekig kind, met een gezicht dat elke seconde veranderde en heel onrustige ogen.

Was dat hoe een verrader eruitzag?

Of juist een panter in de kelder?

Ik vond het zo jammer, pijnlijk jammer, dat Jardena al bijna volwassen was.

Als ze maar eens de kans zou krijgen mij echt te leren kennen, misschien zou ze dan ontdekken dat ik eigenlijk alleen maar zat opgesloten in het omhulsel van een praatgraag kind, maar dat er van binnen iemand gluurde...

Nee. Hier kon ik beter stoppen, want het woord 'gluren' schrijnde als een klap in het gezicht. Die ik allang verdiend had. Als toevallig zou blijken dat Jardena het prettig vond mij vanavond, bij gelegenheid, mijn klap te geven, dan zou me dat misschien juist wel goed doen opeens. Ik wou maar dat ze het vergat en nooit kwam, dacht ik, en ik wilde gluren, nee, niet gluren, kijken, uit de hoek van het wc-raampje, want vandaar kon je bijna tot aan de hoek van de kruidenierszaak van de gebroeders Sinopski kijken. En omdat ik toch al in de wc was, besloot ik deze keer mijn gezicht en mijn hals te wassen, niet met de gewone zeep van papa maar met de geurige zeep van mama. Ik maakte mijn haar een beetje vochtig met water, kamde het en maakte een scherpe scheiding opzij, en wapperde toen met de krant boven mijn hoofd, zodat mijn haar snel zou drogen, want stel je voor dat Jardena juist nu zou komen en zou zien dat ik mijn haar natgemaakt had ter ere van haar. En ik knipte ook mijn nagels een beetje, al had ik ze vrijdag pas geknipt, voor alle zekerheid, maar ik kreeg er spijt van want nu had ik nagels die eruitzagen alsof ik ze afgebeten had.

Zo wachtte ik tot tien minuten voor zeven, toen de avondklok bijna begon.

Sinds die dag is het me nog een aantal malen in mijn leven overkomen dat ik op een vrouw moest wachten en dat ik me afvroeg of ze nu kwam of niet, en als ze zou komen, wat we moesten doen, wat voor indruk ik zou maken, en wat ik tegen haar moest zeggen, maar nooit was het wachten zo wreed en uitputtend als toen, toen Jardena bijna niet meer kwam.

Ik schreef hier 'op een vrouw wachten', omdat Jardena toen bijna twintig was en ik twaalf en een kwart, wat ternauwernood zo'n 62 procent van haar leeftijd was, hetgeen betekende dat er tussen haar en mij een kloof was van 38 procent, zo had ik met potlood uitgerekend op een van de lege kaartjes van de hoek van papa's bureau, toen het al dicht tegen zeven uur en de avondklok liep, en ik er al van overtuigd was dat het voorbij was, dat het een verloren zaak was, dat Jardena mij vergeten was en terecht.

Ik maakte de volgende berekening: over tien jaar, als ik de leeftijd van 22 en een kwart bereikt zou hebben, en Jardena dertig zou zijn, zou ik nog altijd maar 74 procent van haar zijn, wat weliswaar een stuk beter was dan de 62 procent van nu, maar nog steeds belachelijk. In de loop der jaren zou de afstand tussen haar en mij steeds verder afnemen (in procenten), maar de treurige kant hiervan was dat de afnemende kloof steeds langzamer zou afnemen. Als een marathonloper die moe werd. Drie keer keek ik de berekeningen na en drie keer nam de kloof steeds langzamer af. Ik vond het niet terecht en niet logisch, het feit dat naar voren kwam uit de berekeningen, dat ik in de komende jaren vooruit zou gaan, haar zou naderen met sprongen van tientallen procenten, en dat daarna – in de jaren van volwassenheid en ouderdom – de procentenkloof tussen haar en mij slechts met schildpaddenstapjes zou afnemen. En waarom? Kon die verschrompelende kloof nu echt niet volkomen gesloten worden? Nooit? (De natuurwetten. Oké. Ik wist het. Maar mama had gezegd, toen ze mij haar verhaal had verteld over het blauwe luik, dat er heel vroeger volslagen andere natuurwetten waren geweest, er waren immers tijden geweest dat de wereld nog plat was en de zon en de sterren daaromheen hadden gedraaid. Nu hadden we alleen de maan nog over die om ons heen bleef draaien, en wie zou zeggen of niet ook deze wet op een dag ongeldig verklaard zou worden. Veranderingen bleken doorgaans veranderingen ten kwade te zijn en niet ten goede.)

Als Jardena honderd zou zijn, zo bleek uit mijn berekening, zou ik 92 en een kwart zijn, en de afstand in procenten tussen ons zou afgenomen zijn tot minder dan acht (en dat was niet slecht, in vergelijking met de 38 van vanavond). Maar wat zou een stel verdwaasde oudjes eraan hebben dat de procentenkloof die hen scheidde, verschrompeld was?

Ik doofde deze gedachte en de bureaulamp, vernietigde de kaartjes met de berekeningen, gooide ze in de wc en spoelde ze door, en omdat ik daar nu toch weer was, besloot ik mijn tanden te poetsen. Tijdens het poetsen besloot ik mezelf te veranderen. Van nu af zou ik een kalme man worden, recht door zee, redelijk en vooral moedig. Dat hield in: als er op het laatste moment een wonder zou gebeuren en Jardena nog zou komen ondanks het feit dat de avondklok nu bijna begon, dan zou ik haar meteen zeggen, eenvoudig, droogjes zelfs, dat ik betreurde wat er op het dak was gebeurd en dat het niet meer zou voorkomen. Nooit meer.

Maar hoe kon ik dat?

Ze kwam om vijf voor zeven. Ze had warme broodjes voor ons meegenomen, rechtstreeks uit de broodfabriek van Angel, waar ze op kantoor werkte. Ze droeg een lichte, dunne zomerjurk, een jurk met schouderbandjes en een patroon van cyclamens en een rij grote knopen over de hele lengte aan de voorkant: als gepolijst riviergrind dat door een kind op een rij is gelegd. En ze zei: 'Ben-Choer wou niet komen. Hij wou me niet vertellen wat er gebeurd was. Wat is er tussen jullie gebeurd, Profi? Hebben jullie weer ruzie gemaakt?'

Al het bloed dat uit mij ontsnapt was naar de bronnen op de bodem van mijn buik keerde in een gloeiende stroom terug en overspoelde mijn gezicht en mijn oren. Zelfs mijn bloed kwam tegen me in opstand, om me voor schut te zetten tegenover Jardena. Wat is een mens meer nabij dan zijn bloed? En nu pleegde zelfs het bloed verraad.

'Geen persoonlijke ruzie, maar een scheuring.'

Jardena zei: 'Ah. Een scheuring. Jij gebruikt altijd van die woorden, Profi, zoals bij Radio Strijdend Zion. Waar zijn je eigen woorden? Heb je die niet? Heb je die nooit gehad?'

'Kijk,' zei ik in diepe ernst.

En even later zei ik nogmaals: 'Kijk.'

'Er valt niet zoveel te kijken.'

'Wat ik je wilde laten weten, en dat heeft niet alleen betrekking op je broer maar op het principe...'

'Oké, oké. Het principe. Als je wilt, kunnen we straks een discussie voeren over de proporties van de scheuring in de Ondergrondse en over de principiële kant. Maar niet nu, Profi.' (Ondergrondse?! Hoeveel wist ze over ons? En wie had haar dat durven vertellen? Of had ze maar wat geraden?) 'Later. Want nu sterf ik van de honger. Laten we eerst eens een mieterse avondmaaltijd organiseren. Niet gewoon maar sla en yoghurt. Iets veel wilders.' Ze kamde grondig de keuken uit, gluurde in kasten en laden, keek in schalen, in koekenpannen, doorzocht de koelkast, bekeek het kruidenhoekje, onderzocht de twee petroleumbranders, dacht even na, liet onderwijl van tijd tot tijd onduidelijke klanken horen, allerlei mm en oef en aha, en verzonken in haar overpeinzingen als een commandant die krijgslisten beraamt, droeg ze mij op intussen op het aanrecht –

niet hier, hier – groenten klaar te leggen, tomaten, groene paprika's, uien, zo'n hoop ongeveer. En ze legde de snijplank op het aanrechtblad en trok uit de la het grote moordenaarsmes en ontdekte een pan met kippensoep die mama voor ons in de koelkast had achtergelaten en schepte er één kop uit. Toen sneed ze de kip, zette de koekenpan op het vuur, goot er bakolie in en draaide zich om om de groenten te snijden die ik voor haar had klaargelegd op een hoekje van het aanrecht. Toen de olie begon te borrelen, bakte ze er knoflookteenen in en de stukken kip en keerde ze om en bakte ze nogmaals, totdat ze bruin waren en hun geur, vermengd met de lucht van de knoflook en de hete olie, me het water in de mond deed lopen en opgewonden samentrekkingen naar mijn keel en mijn gehemelte en mijn buik zond.

Jardena zei: 'Waarom hebben jullie geen olijven in huis? Niet van die uit dat potje, stommeling, geen vegetarische olijven, waarom zijn er geen perverse olijven die je een beetje dronken maken? Als je zulke olijven vindt, kom ze me dan brengen. Daarvoor kun je me zelfs midden in de nacht wakker maken.' (En ik heb ze gevonden. Jaren later. Maar ik durfde haar midden in de nacht geen olijven te brengen.)

Toen ze besloot dat de stukken kip bruin genoeg waren, haalde ze ze uit de pan en legde ze op een plat bord, waste en droogde de pan af en zei: 'Wacht, Profi. Hou vol. We zijn nog maar bij de voorbereidingen. Dek jij intussen de tafel voor ons.'

Ze zette de koekenpan opnieuw op het vuur en goot er nieuwe olie in en bakte ditmaal niet de kip (die lag te wachten, geurig en verzadigd van knoflook), maar de olie waarin ze nu fijngesneden ui deed en intussen, terwijl de ui lang-

zaam goudbruin werd onder mijn hunkerende ogen, gooide ze in de koekenpan blokjes tomaat en groene paprika
die kant-en-klaar op haar lagen te wachten op de snijplank,
en voegde er gehakte peterselie aan toe, en bakte en meng-
de en bakte verder, totdat mijn ziel spartelde in de touwen
van het verlangen en de vreugde van het geurengenot, en
het leek alsof ik gewoon niet langer meer kon wachten,
geen minuut, geen seconde, geen ademtocht, maar Jardena
lachte en zei dat ik de broodjes en niks mocht aanraken,
zonde om je honger te verspillen, waarom heb je zo'n haast,
beheers je, en ze deed de stukken kip terug in de pan om ze
nogmaals te bakken en wentelde ze heel goed door de olie
zodat die zou doordringen tot het bot, en pas toen goot ze
over alles de kop soep uit, en wachtte tot alles kookte.

Zevenenzeventig jaar van hunkering kropen voorbij,
martelend traag, totdat niemand het meer zou hebben kunnen verdragen en nog langer, en nog langer, wanhopig lang,
en nog langer, totdat je hart ervan ging huilen, totdat daar
eindelijk het schuimende gesis van het koken losbarstte, en
uit de koekenpan spatten stekelige oliespetters, Jardena
draaide de vlam van de petroleumbrander lager en strooide er wat zout in en een handje gemalen zwarte peper. Toen
deed ze er een deksel op, maar ze liet een ontsnappingsgaat-
je open voor de geurige dampen die mij diep in mijn buikholte gek maakten door de kwellingen van de genotkram-
pen. En terwijl de soep verdampte deed ze er vierkante
blokjes aardappel in en nog kleinere blokjes rode paprika.
En genadeloos wachtte ze totdat de soep helemaal verdampt was en alleen maar een bezinksel had achtergelaten
van dikke, paradijselijke saus, waarin de stukken gebakken
kip gewikkeld waren, die als het ware vleugels hadden gekregen en voor mij al veranderd waren in een hoogverhe-

ven psalm. Het hele huis stond versteld van de bataljons van doordringende geuren die zich vanuit de keuken verspreidden en als massa's vurige oproerkraaiers alle hoeken van de woning overspoelden, die sinds de dag dat ze gebouwd was zulke geuren nog niet gekend had.

Lamgeslagen van verlangen, flauw van verwachting, helemaal trillend van eetlust en telkens weer het speeksel wegslikkend dat voortkwam uit opwellende bronnen, dekte ik intussen de tafel voor ons tweeën, tegenover elkaar, zoals papa en mama. Mijn gewone stoel besloot ik leeg te laten. Terwijl ik de messen en de vorken neerlegde zag ik uit een ooghoek hoe Jardena de stukken kip liet dansen met de spatel in haar hand, opdat ze niet zouden vergeten wie ze waren, en ze proefde, en strooide weer, en goot nog een lepel of een lepeltje over het gerecht, dat zilveren nuances droeg van gepolijst koper en van dof goud, en haar armen en schouders en heupen leefden op in een luchtige dans in haar jurk met de schouderbandjes die beschermd werd door mama's schort, alsof zij niet alleen de stukken kip in beweging bracht, maar de kip ook haar.

Toen we voldaan waren, bleven we tegenover elkaar aan tafel zitten en trokken we zoete druiven van de tros en verslonden een kwart watermeloen en dronken samen koffie hoewel ik eerlijk en moedig tegen Jardena had gezegd dat ik geen koffie mocht hebben en vooral niet en onder geen beding 's avonds voor het slapengaan.

Jardena zei: 'Ze zijn er niet.'

En ze zei ook: 'Nu een sigaret. Alleen ik. Jij niet. En zoek jij eens een asbak voor me.' Maar er was geen enkele asbak en die kon er ook niet zijn bij ons, want het was verboden te roken. Altijd. Onder alle omstandigheden. Zelfs voor gasten was het verboden. Papa verwierp uit alle macht het loutere idee van roken. Hij hield er ook een duidelijke en expliciete mening op na die inhield dat elke gast zich moest houden aan de wetten van het huis, zoals een toerist in een vreemd land. Deze mening baseerde papa op een uitdrukking die hij vaak gebruikte, een uitdrukking die betrekking had op de vraag hoe je je diende te gedragen in Rome. (Jaren later, toen ik voor het eerst van mijn leven Rome bezocht, was ik versteld toen ik zag hoeveel mensen er rookten. Maar papa doelde meestal op het antieke Rome als hij het over Rome had, en niet op het hedendaagse Rome.)

Jardena rookte twee sigaretten en dronk twee koppen koffie (mij schonk ze er maar een in). Terwijl ze rookte strekte ze haar benen uit en legde ze op mijn stoel, die die avond leegstond. Ik besloot dat het mijn plicht was zonder uitstel op te staan, dingen terug te zetten in de koelkast, de vaat af te ruimen en af te wassen. Alleen de as kon ik niet weggooien omdat er buiten een avondklok was.

Wie is er wel eens een hele avond en nacht met een meisje samen geweest, in een huis waar geen mens is behalve jullie tweeën, terwijl er buiten een avondklok is en alle straten uitgestorven zijn en de hele stad gesloten is? Als je weet dat er niemand op de hele wereld kan komen storen? En een diepe, wijde stilte als een damp uitgespreid ligt over de avond?

Ik stond over de gootsteen gebogen, schuurde met staalwol de bodem van de koekenpan, met mijn rug naar Jardena en mijn geest precies andersom (zijn rug naar de gootsteen en de koekenpan, en al het overige naar Jardena). En plotseling zei ik snel, met knipperende ogen, zoals wanneer je een medicijn doorslikt: 'En trouwens sorry over wat er toen gebeurd is. Op het dak. Het zal nooit meer gebeuren.'

Jardena zei tegen mijn rug: 'Reken maar dat dat zal ge-beuren. En hoe. Maar weet je wat, probeer het in elk geval een beetje minder klungelig te doen dan toen.'

Er zat een vlieg op de rand van het kopje. Ik wilde met hem ruilen.

Daarna, nog steeds in de keuken (Jardena gebruikte het schoteltje van haar koffiekopje als asbak), vroeg ze me haar uit te leggen, maar kort, waarover nu eigenlijk die ruzie ging tussen mij en haar broer. Pardon. Geen ruzie. De scheuring.

Het was mijn plicht te zwijgen. De geheimhoudings-plicht niet te schenden. Zelfs niet tijdens een verhoor met marteling. In heel wat films had ik al gezien hoe vrouwen geheimen ontfutselden aan oersterke mannen als Gary Cooper, of zelfs aan Douglas Fairbanks. En tijdens de Bij-belles pleegde meneer Gichon verraad aan zijn vrouw: Simson is stellig verscheurd, een slechte vrouw heeft hem verslonden. Er was reden om te hopen dat na al die films waarbij ik had gekookt van woede over mannen die smol-ten en begonnen te kletsen tegen vrouwen waardoor er al-tijd rampen gebeurden, dat mij zeker niet zou overkomen. Maar ziedaar, die avond was ik evenmin in staat mijn mond te houden: alsof er binnen in mij nog een Profi te-voorschijn sprong, die uitbarstte als een vulkaan, die licht-zinnig was en overstroomde, zoals in de Bijbel waar staat dat plotseling de kolken der grote waterdiepte openbraken, en deze Profi begon tegen haar te vertellen en ik kon hem niet tot zwijgen brengen, ook al probeerde ik het uit alle macht en smeekte ik hem te stoppen, maar hij haalde alleen maar zijn schouders op en lachte me uit: Jardena weet het immers toch al, ze heeft immers duidelijk gezegd 'jullie On-dergrondse', Ben-Choer is de verrader, en jij en ik zijn vrij.

Deze innerlijke Profi verborg niets voor Jardena: de Ondergrondse. De afscheiding. De raket. De medicijnla van mama en de Albion-pamfletten van papa. Het pakje. De verleiding. De verzoeking. En zelfs de kwestie van brigadier Dunlop. Was ik misschien dronken van een of ander drankje of verdovend middel waarmee Jardena de gebakken kip had gekruid? Van haar toversaus? Of vergiftigd door het drinken van de koffie, die een scherpe, sterke smaak had gehad? In de film *Panter in de kelder* was de manke detective op die manier bedwelmd. (Maar hij was een bijfiguur. De poging om de held zelf te bedwelmen was natuurlijk niet geslaagd.)

En als ze nu eens een dubbelspionne was? Of naar mij toegestuurd was namens de speciale Eenheid van Ben-Choer voor Interne Veiligheid en Onderzoek? (Daarop antwoordde mij van binnen, spottend, de andere Profi, die zei: Nou en? Wat valt er tussen een verrader en een verraadster dan nog zo vreselijk geheim te houden?)

Jardena zei: 'Wat leuk.'

En daarna zei ze: 'Wat zo speciaal is aan jou, alles wat jij vertelt, kun je ook echt zien.'

En ze raakte mijn linkerschouder aan, vlak bij het begin van mijn arm, en zei nog: 'Je moet niet verdrietig zijn. Wacht nu gewoon maar rustig af en probeer niet bij hem in het gevlij te komen. Ben-Choer zal binnenkort wel bij je moeten terugkomen, want als hij jou niet heeft, denk eens even na, over wie kan hij dan nog de baas spelen? En hij móét de baas spelen. Hij kan 's avonds niet in slaap komen als hij niet eerst een beetje de baas heeft gespeeld. Dat is het probleem met de baas spelen: wie er eenmaal mee begint, kan bijna niet meer ophouden. Maak jij je maar geen zorgen, Profi, want ik denk niet dat dat jou zal overkomen. Ook al is het behoorlijk besmettelijk. En bovendien.'

En daarmee deed ze er het zwijgen toe. Ze stak nog een sigaret op en glimlachte, niet naar mij, maar misschien naar zichzelf, zo'n glimlach van mensen die binnenpretjes hebben, een glimlach die niet weet dat hij er is.

'En bovendien wat?' waagde ik.

'Niks. Ondergrondses en zo. Help me herinneren waar we het over hadden. Hadden we het niet over ondergrondses?'

Het juiste antwoord was: nee. Want voor haar sigarettenpauze hadden we het gehad over de neiging om de baas te spelen. En toch zei ik: 'Ja. Ondergrondses.'

Jardena zei: 'Ondergrondses. Laat die ondergrondses toch schieten. Je kunt beter blijven gluren, alleen slimmer dan toen. En het is nog beter, Profi, als je in plaats van te gluren leert hoe je moet vragen. Wie kan vragen hoeft niet meer te gluren. Het probleem is dat er behalve in films bijna niemand is die weet hoe je moet vragen. In elk geval, zo is het in dit land. In plaats van te vragen komt hij ofwel op handen en voeten bij je smeken, of hij dwingt je, of hij probeert je te bedriegen. En dan heb ik het nog niet eens over gewone viezeriken en kerels die niet van je af kunnen blijven, die hier bijna de meerderheid uitmaken. Jij kunt het misschien wel. Misschien ooit. Ik bedoel, misschien dat jij op een dag juist wel weet hoe je moet vragen. Trouwens van dat hele gedoe van jongens en meisjes en liefdes kun je soms gek worden en doodgaan, maar veel minder vaak dan van ondergrondses en allerlei verlossingen. Je moet de films niet geloven. In het echt vragen de meeste mensen van alles maar ze doen het op de verkeerde manier. Daarna houden ze op met vragen en zijn ze alleen nog maar beledigd of beledigen zelf. En daarna beginnen ze te wennen en als ze echt gewend zijn, is er geen tijd meer. Dan is het leven voorbij.'

'Zal ik een kussentje voor je halen?' vroeg ik. 'Mama zit altijd graag 's avonds in de keuken met een kussentje tussen haar rug en de stoel.'

Bijna twintig was ze en nog steeds had ze de meisjesachtige gewoonte om de zoom van haar jurk recht te trekken alsof haar knie een blootgewoelde baby was die ze telkens weer moest bedekken, heel secuur, niet te weinig, zodat hij het niet koud kreeg, en ook niet te veel, om te zorgen dat hij geen lucht tekortkwam om adem te halen.

'Mijn broer,' zei ze, 'jouw vriend, zal nooit een vriend krijgen. Laat staan een vriendin. Alleen onderdanen. Dat wel. En vrouwen. Vrouwen zal hij juist in overvloed krijgen. Want de wereld wemelt van ellendige vrouwen die zich graag laten inpakken door tirannen. Maar een vriendin zal hij niet krijgen. Wil je me een glas water inschenken, Profi. Niet uit de kraan. Uit de koelkast. Eigenlijk heb ik ook geen dorst. Jij krijgt juist wel vriendinnen. En ik zal je zeggen waarom. Dat komt omdat jij, wat je ook krijgt, al is het maar een broodje, of een servetje, of een lepeltje, meteen doet alsof je een cadeautje hebt gekregen. Alsof je een wonder is overkomen.'

Ik was het niet in alles met haar eens, maar besloot niet in discussie te gaan. Behalve op één punt, in een eerder stadium van het gesprek, een punt dat ik onmogelijk onweersproken kon laten: 'Maar Jardena, wat je net zei over de ondergrondse bewegingen, zonder de Ondergrondse zouden de Engelsen ons toch nooit dit land geven. Wij zijn de generatie van de strijd.'

Ze barstte plotseling uit in een klaterend gelach, luidkeels, een lach die alleen meisjes hebben die graag meisjes willen zijn. En ze probeerde met haar hand de rook van haar sigaret te verspreiden, alsof het een vlieg was in plaats van sigarettenrook: 'Kijk eens aan,' zei ze, 'daar hebben we Radio Strijdend Zion weer. Jullie zijn helemaal geen Ondergrondse, jij en Ben-Choer en hoe heet-ie, die derde, dat aapje. Ondergrondse is iets heel anders. Iets gruwelijks. Iets giftigs. Ook al is er misschien echt geen keus en is de Ondergrondse noodzakelijk, toch is het iets giftigs. En bovendien, die Britten, misschien pakken die binnenkort toch wel hun biezen en smeren ze hem naar huis. Ik hoop alleen maar dat we er geen spijt van krijgen, geen vreselijke spijt van krijgen, als we hier eenmaal zonder hen zijn achtergebleven.'

Die woorden vond ik gevaarlijk en onverantwoordelijk. Ze leken een beetje op wat brigadier Dunlop had gezegd, dat de Arabieren de zwakke partij waren en dat zij binnenkort de nieuwe joden zouden worden. Wat was het verband tussen de woorden van Jardena en zijn mening over de Arabieren? Er was geen verband. En toch weer wel. Ik voelde een soort woede opkomen jegens mezelf, omdat ik niet kon achterhalen wat het verband was, en vanwege Jardena, die dingen zei die je niet hoorde te zeggen. Moest ik misschien aan een verantwoordelijke volwassene vertellen welke gedachten zij erop nahield? Aan papa misschien? Om te waarschuwen, zodat degenen die het moesten weten zouden weten dat Jardena een beetje lichtzinnig was?

Ook als ik zou besluiten iets te vertellen over wat ze gezegd had, dan mocht ik geen enkele argwaan bij haar wekken.

Ik zei: 'Ik houd er een andere mening op na. Wij moeten de Britten met geweld uit het land verdrijven.'

'We zullen ze verdrijven,' zei Jardena, 'maar niet vanavond. Kijk eens hoe laat het is, al bijna kwart voor elf, en vertel me eens, slaap jij vast?'

Die vraag klonk me vreemd en een beetje verdacht in de

154

oren. Ik antwoordde haar behoedzaam: 'Ja. Nee. Dat hangt ervan af.'

'Dan is het vannacht zeer gewenst dat je vast slaapt. En als je toevallig wakker wordt, dan mag je het licht aandoen en voor mijn part gaan lezen totdat het ochtend is. Maar waag het niet je kamer uit te komen, want precies om middernacht als de maan schijnt, verander ik in een wolvin of liever gezegd in een vampier en ik heb al honderden jongetjes zoals jij verslonden. Doe in geen geval de deur open vannacht. Beloof het.'

Ik beloofde het. Op mijn erewoord. Maar het wantrouwen werd sterker. Ik besloot dat ik moest proberen niet in slaap te vallen. En ik dacht dat dat me heus niet moeilijk zou vallen, vanwege de koffie die ik gedronken had en de rooklucht in het hele huis en vanwege wat Jardena gezegd had over mijn sterke kant en nog meer vreemde dingen.

In de gang, nadat ik me gewassen had en voor het welterusten zeggen, stak ze haar hand uit en raakte plotseling mijn hoofd aan. Haar hand was niet zacht en niet hard, heel anders dan bij mama, ze woelde even door mijn haren en zei: 'Luister heel goed, Profi. Die brigadier waarover je me vertelde. Die lijkt me heel aardig, zo te horen, en misschien is hij toevallig ook een beetje pedofiel, maar ik denk niet dat je in gevaar bent, want het is een beheerst man. Tenminste, zo kwam hij naar voren uit je beschrijvingen. En trouwens, als ze je toch al Profi noemen, wat komt van "professor", misschien kun je dan ook wel echt professor worden en geen spionnengeneraal. De halve wereld bestaat uit generaals. Jij niet. Jij bent een woordenkind. Welterusten. En weet je wat ik nu het meest fantastische vond: dat je de hele vaat voor ons hebt afgewassen terwijl ik het je niet eens gevraagd had. Ben-Choer wast alleen maar af als hij omgekocht wordt.'

Maar waarom deed ik die nacht de deur van mijn kamer van binnenuit op slot? Op dit moment, nu er al meer dan veertig jaar verstreken is, weet ik het nog steeds niet. En misschien weet ik het nog wel minder dan die nacht. (Er zijn allerlei soorten en gradaties van niet-weten: net als een raam, dat niet alleen dicht of open kan zijn, maar ook half-open, of maar aan één kant open, of op een smal kiertje, en het kan ook afgesloten en afgeschermd zijn door een luik aan de buitenkant en een dik gordijn aan de binnenkant, of zelfs dichtgespijkerd.)

Ik deed de deur op slot en kleedde me uit, vastbesloten geen zweem van een gedachte te wijden aan Jardena aan de andere kant van de muur, die zich nu misschien ook uit-kleedde precies zoals ik, terwijl ze de ene gladde, ronde knoop na de andere gladde, ronde knoop losmaakte van de rij knopen aan de voorkant van haar dunne jurk met schou-derbandjes, en ik besloot gewoon niet aan die knopen te denken, niet aan de hoge dicht bij haar hals en niet aan de lage bij haar knieën.

Ik deed het leeslampje aan en begon in een boek te lezen, maar het was een beetje moeilijk me te concentreren. ('In plaats van te gluren, kun je ook gewoon vragen.' Wat had ze daarmee willen zeggen? En: 'jij bent een woordenkind'! Maar hoe zat het? Was het haar dan echt niet opgevallen dat ik een panter in de kelder was?)

Ik legde het boek neer en deed het licht uit, want het was al bijna middernacht, maar in plaats van slaap kwamen er gedachten, en om die het zwijgen op te leggen deed ik het licht weer aan en pakte het boek. Wat me niet hielp.

Die nacht was diep en wijd. Geen krekel verstoorde de avondklok. Geen schot werd gelost. Heel langzaam veranderden de duikboten in het boek in duikboten van mist, die langzaam tussen de mistflarden dreven. De zee was zacht en lauw. Daarna was ik een kind van de bergen dat een hutje uit mistblokken bouwde in de bergen, en toen kwam er een soort geknaag aan de achterkant van het hutje, een soort gezaag, alsof een van de walvissen per ongeluk in ondiep water was terechtgekomen en over het zand op de bodem schuurde. Ik probeerde het geschuur tot zwijgen te brengen en werd wakker door de klank van sssjt en deed mijn ogen open en merkte dat ik in slaap gevallen was zonder het licht uit te doen en dat het geritsel uit de droom niet opgehouden was. Het bleef ook doorgaan toen ik wakker was.

Meteen zat ik rechtop in bed, waakzaam en wantrouwend als een rover: geen gespartel en geen walvis maar het nachtelijk gekras waarop ik de hele zomer gewacht had. Een heel licht, maar dringend, hardnekkig gekras. En dat was zonder twijfel bij de ingang. Bij de voordeur. Die van ons. Het was een gewonde Ondergrondse-strijder die misschien droop van het bloed. Wij moesten zijn wonden verbinden en hem in de keuken neerleggen op de reservematras en even voordat het ochtend werd moest hij weer wegsluipen. En papa? En mama? Sliepen ze? Hoorden ze het dringende gekras aan de deur niet? Moest ik ze wakker maken? Of zelf opendoen? Ze waren er niet. Ze waren vertrokken. Jardena was er. Die ik op mijn erewoord beloofd had niet mijn kamer uit te gaan. En ik herinnerde me hoe ze ooit, toen ik bijna tien was, bij mij een wond had schoongemaakt en verbonden en hoe jammer ik het had gevonden dat de andere knie niet ook gewond was.

Er klonk getrippel van blote voeten, zachtjes rennend door de gang. Het geknars van de grendel en het omdraaien van de sleutel. Gefluister. En weer nevelpassen. Snel, zacht gepraat, nu uit de richting van de keuken. Het afstrijken van een lucifer aan de zijkant van het doosje. Kort stromen van kraanwater. En nog meer geluid, dat niet gemakkelijk thuis te brengen viel van hieruit, vanuit mijn bed. Toen heerste er weer een volkomen, fluwelige stilte. Was het allemaal maar een droom? Of was het misschien juist mijn plicht om op te staan, mijn belofte te breken en op onderzoek uit te gaan naar wat zich daar afspeelde?

Doodse stilte.

Nevelstappen.

En plotseling het gebulder van het doortrekken van de wc. En daarna onzichtbare waterstralen, het stromen van het water dat aan de buizen in de muur werd onttrokken. En weer doffe stemmen en blote voeten die langs de deur van mijn kamer liepen, dat was onmiskenbaar Jardena die tegen haar gewonde fluisterde: wacht even, stil, wacht. Toen geknars uit de kamer van mijn ouders aan de andere kant van de muur: een meubelstuk dat verschoven werd? Een la? En plotseling het geluid van gesmoord gelach, of misschien gesnik, alsof het van onder water kwam.

Als ik een gewonde Ondergrondse-man was die op de hielen werd gezeten, zou ik dan ook de innerlijke kracht hebben om te lachen, zoals deze gewonde, op het moment dat de wond werd schoongemaakt en ging schrijnen door een bijtende vloeistof en stevig verbonden werd?

Ik vreesde van niet. En terwijl ik dat vreesde, veranderde het gelach achter de muur in gekreun en even later kreunde plotseling ook Jardena. En weer geritsel en gefluister en daarna stilte. Na nog een heleboel duisternis begonnen er schoten in de verte, eenzame, abrupte schoten, alsof zij ook moe waren. En misschien viel ik in slaap.

TWEEËNTWINTIG

Want het wezen van het verraad ligt niet in het feit dat de verrader plotseling in zijn eentje buiten de nauwe kring van toegewijden en getrouwen treedt. Alleen een oppervlakkige verrader zal dat doen. De echte, intense verrader is degene die zich het meest in het midden bevindt. Precies in het centrum: het is degene die de meeste gelijkenis toont, het meest betrokken is en het meest bij de zaak hoort. Degene die het meest is als iedereen en zelfs meer dan iedereen. Die werkelijk houdt van degenen die hij verraadt, want als hij niet van hen zou houden, hoe zou hij hen dan kunnen verraden? (Ik erken dat dit een gecompliceerde kwestie is die thuishoort in een ander verhaal. Een werkelijk ordelijk mens zou deze regels nu doorstrepen of ze overhevelen naar een passend verhaal. En toch streep ik ze niet door. Wie er behoefte aan heeft mag ze overslaan.)

De zomer was voorbij. Begin september gingen we over naar de zevende klas. De periode van de lege vaten begon, waarvan we een onder-landduikboot probeerden te maken, waarmee je onbeperkt kon bewegen door de diepten van de oceaan van gloeiende lava onder de aardkorst, en vandaar kon je verrassingsaanvallen uitvoeren en hele steden verwoesten van onderaf, van onder hun grondvesten. Ben-Choer werd verkozen tot duikbootcommandant en ik was opnieuw zijn adjudant, uitvinder en hoofd-plannenmaker, tevens verantwoordelijk voor de navigatie. Tsjita

Reznik, officier van de logistieke dienst, verzamelde tientallen meters gebruikte elektriciteitsdraad, spoelen, batterijen, schakelaars en isolatieband. We waren van plan met
onze duikboot te varen tot onder het koninklijk paleis in
Londen, de hoofdstad van Groot-Brittannië. Tsjita had nog
een eigen plan, om met behulp van de duikboot zijn twee
vaders af te voeren naar een onbewoond eiland, zijn vaders
die elkaar om de twee à drie weken afwisselden bij zijn
moeder, de een kwam en de ander verdween. Hij hield van
zijn moeder en had respect voor haar, en hij wilde dat ze tot
rust zou komen, want in haar jonge jaren was ze een ge-
vierd zangeres geweest bij de opera van Boedapest en nu
leed ze aan aanvallen van hartzwakte. (Op hun muur was
in het rood geschreven: 'Tsjita stel je niet aan, je moeder
pakt het handig aan, als je ene vader is weggegaan, komt je
andere vader eraan'. Tsjita bekraste het opschrift met een
spijker, boende het af met zeep, smeerde er verf overheen,
tevergeefs.) Bij Bijbelles leerde meneer Zeroebavel Gichon
ons hoe de Babylonische beestmensen Jeruzalem en onze
Tempel hadden veroverd en verwoest. Ook ditmaal pleegde hij verraad jegens zijn vrouw, hij zei gekscherend in de
klas dat als mevrouw Gichon in die tijd in Jeruzalem had
rondgelopen, de Babyloniërs zouden zijn 'ontkomen met
de huid hunner tanden', en verklaarde ons bij die gelegenheid de uitdrukking 'met de huid hunner tanden'.

Mama zei: 'Er is bij ons een weesmeisje, Henriëtta. Ze is
misschien vijf of zes. Vol sproeten. Opeens ging ze mij
"mama" noemen, niet in het Hebreeuws, in het Jiddisj,
mamme, ze vertelt tegen iedereen daar dat ik echt haar
moeder ben, en ik weet niet goed wat ik moet doen: tegen
haar zeggen dat ik niet haar moeder ben, dat haar moeder
er niet meer is? Maar hoe kan ik voor de tweede keer haar

moeder doodmaken? Of moet ik er niet op reageren? Wachten tot het overgaat? Ook al zijn de kinderen jaloers?'

Papa zei: 'Dat is moeilijk. Uit moreel oogpunt. Hoe dan ook zal er leed zijn. En mijn boek: wie zal dat lezen? Iedereen is al dood.'

Brigadier Dunlop trof ik niet aan in café Orient Palace. Na de feestdagen zocht ik nogmaals, driemaal, en weer vond ik hem niet. Ook niet toen de herfst kwam en er lage wolken neerdaalden over Jeruzalem, om ons eraan te herinneren dat de wereld niet alleen bestond uit zomer en duikboten en Ondergrondse.

Ik dacht: via een wijdvertakt net van verklikkers en dubbelspionnen is hij er misschien achter gekomen dat ik hem verraden heb. Dat ik Jardena over hem verteld heb en zij heeft dat diezelfde nacht verteld aan haar gewonde strijder, die het meteen heeft doorgegeven aan de Ondergrondse, die hem misschien al opgepakt heeft. Of andersom: de Britse geheime politie is achter onze ontmoetingen gekomen en zo is brigadier Dunlop gearresteerd op beschuldiging van verraad, en misschien is hij door mij voor altijd verbannen uit zijn geliefde Jeruzalem om te dienen in de uithoeken van het imperium, in Nieuw-Caledonië, in Guinea, misschien in Oeganda, Tanganjika?

Wat restte mij? Alleen een bijbeltje in het Hebreeuws en het Engels, dat ik van hem cadeau gekregen had en dat ik nu nog steeds bezit, een bijbel die ik onder geen beding mee naar school had mogen nemen, want hij bevatte ook het Nieuwe Testament, waarvan meneer Gichon zei dat het een boek tegen ons volk was (maar ik heb het gelezen en heb daar onder andere het verhaal over Judas de verrader gevonden).

En waarom heb ik brigadier Dunlop geen brief geschreven? Ten eerste, hij had me geen enkel adres achtergelaten. Ten tweede, ik was bang dat het hem nog meer in problemen zou kunnen brengen als hij een brief van mij zou ontvangen en dat dat zou kunnen leiden tot verzwaring van zijn straf. En ten derde, wat moest ik hem schrijven?

En hij? Waarom heeft hij mij niet geschreven? Omdat hij dat niet kon. Ik had hem immers niet eens mijn naam willen zeggen. ('Ik ben Profi,' had ik gezegd, 'een jood uit het land Israël.' En dat adres zou voor de post beslist onvoldoende zijn.)

Waar ter wereld ben je, Stephen Dunlop, de verlegen vijand? Heb je daar in Singapore of Zanzibar een andere vriend gevonden in mijn plaats? Geen vriend, maar een leraar en leerling. En ook dat is geen juiste omschrijving. Wat dan wel? Wat was er tussen ons beiden? Tot op de dag van vandaag kan ik mezelf niet verklaren wat het was. En wat heb je nu nog onthouden van het huiswerk dat ik je opgaf?

Ik zal het op mijn eigen wijze uitspreken.

Ik heb een paar kennissen die in Engeland wonen, in Canterbury. Tien jaar geleden heb ik hun een brief geschreven waarin ik hun gevraagd heb naar hem te informeren.

Tevergeefs.

Op een dag pak ik een koffertje in en ga ik zelf naar Canterbury. Ik ga in oude telefoonboeken zoeken. Ga informeren bij de kerken. Ga neuzen in het gemeentearchief. Agent nummer vier vier zeven negen. Stephen Dunlop, astmapatiënt, roddelaar, een Goliat van roze watten. Een eenzame, zachtaardige vijand. Die gelooft in voorspellingen. Gelooft in tekenen en wonderen. Als er een wonder gebeurt, Stephen, en dit boek valt je op een of andere manier in handen, schrijf me dan alsjeblieft een paar woorden. Stuur me op zijn minst een ansichtkaart. Een paar regels, in het Hebreeuws of in het Engels, wat je wilt.

163

In de maand september werden er weer huiszoekingen gehouden. Er vonden arrestaties plaats en er was een uitgaansverbod. In het huis van Tsjita werd de zekering van
een handgranaat gevonden en een van zijn vaders werd
meegenomen voor verhoor in de burelen van de geheime
politie (de tweede dook dezelfde avond nog op). Meester
Zeroebavel Gichon veroordeelde in de klas nogmaals de
Babyloniërs en betwijfelde tevens of de profeet Jeremia
zich wel had uitgedrukt zoals het een profeet betaamde in
tijden van oorlog en belegering: volgens de opvatting van
meneer Gichon moest een profeet als de vijand aan de
poort staat juist zijn volk bemoedigen, de rijen sluiten en
zijn toorn buiten uitgieten over het hoofd van de vijandige
onderdrukker, en niet binnen over het hoofd van zijn broeders. Wat een profeet die zijn naam waard was vooral niet
moest doen was het koningshuis en de helden van de natie
beledigen. Maar de profeet Jeremia was een verbitterd man
en wij moesten proberen hem te begrijpen en te vergeven.

Een paar weken lang liet mama twee weeskinderen, illegale immigranten, bij ons thuis logeren. Ze heetten Hirsj
en Oleg, maar papa bepaalde dat ze van nu af Tswi en Ajal
waren. Op de vloer van mijn kamer legden we de reservematras voor hen neer. Ze waren acht of negen jaar, zelf wisten ze niet hoe oud ze waren, wij hadden ten onrechte gedacht dat het broertjes waren, omdat ze allebei de achter-

naam Brin hadden (wat papa veranderde in Bar-On). Maar het bleek dat ze geen broertjes waren en zelfs geen familie van elkaar, ze waren elkaars vijanden. Ook al speelde hun haat zich in stilte af, zonder geweld en zelfs bijna zonder woorden: Hebreeuws kenden ze niet en het leek alsof ze zich ook in een andere taal nauwelijks verstaanbaar konden maken. Ondanks hun haat sliepen ze 's nachts op hun matras in elkaar gerold, als twee leeuwenwelpjes. Ik probeerde hun Hebreeuws te leren en van hen iets te leren waarvan ik niet wist wat het was en wat ik ook nu nog niet kan uitleggen, maar ik wist dat het iets was wat de twee wezen duizendmaal beter wisten dan ik en beter dan de meeste volwassenen. Na de feestdagen werden ze met een pick-up-truck opgehaald en naar een pioniers-kinderdorp gebracht. Papa gaf hun onze oude koffer en mama stopte daar kleren in die mij al te klein waren, vroeg hun de kleren te verdelen zonder ruzie te maken, streek over hun stekeltjeshaar, dat kortgeknipt was uit angst voor luizen. Toen ze dicht tegen elkaar aangedrukt in de diepe hoek van de pick-up zaten, zei papa tegen hen: 'Er begint een nieuw hoofdstuk in jullie leven.'

En mama zei: 'Komen jullie nog maar eens. We kunnen altijd een matras neerleggen.'

Ja: ik vertelde mijn ouders over Jardena. Dat was ik verplicht. Dat wil zeggen, over de nacht toen zij naar de herdenking in Tel Aviv waren en zij in hun kamer had geslapen en er na middernacht een gewonde bij ons was verschenen wiens wonden door Jardena waren verbonden en die voor het aanbreken van de dag het huis uit was geglipt. Ik had alles gehoord maar niets gezien.

Papa zei: 'Ach mijn Kineret, was je echt of heb ik gedroomd?'*

En ik, woedend: 'Ik heb niet gedroomd. Het was echt. Er was hier een gewonde. En het spijt me dat ik het jullie verteld heb, want jullie zijn mensen die overal de spot mee drijven.'

Mama zei: 'De jongen spreekt de waarheid.'

En papa: 'Zou het werkelijk? Zo ja, dan dienen wij de jongedame te berispen.'

Mama zei: 'Eigenlijk is het helemaal onze zaak niet.'

En papa: 'Maar hiermee heeft zij beslist ons vertrouwen geschonden.'

Mama zei: 'Jardena is geen kind meer.'

En papa: 'Maar de jongen is nog wel een kind. En nog wel in ons bed en wie weet met wat voor landloper. Hoe het zij, jij en ik zullen dit bij gelegenheid nader uitzoeken, onder vier ogen. Wat betreft zijne hoogheid,' zei hij, 'die vliegt nu met gezwinde spoed naar zijn kamer en gaat zijn huiswerk maken.' (En dat was onrechtvaardig, want papa wist heel goed dat ik mijn huiswerk altijd meteen maakte als ik uit school kwam, dat was absoluut het eerste wat ik deed, soms zelfs voordat ik de koelkastmaaltijd had gegeten die ze voor me hadden achtergelaten.) Maar dit onrecht had ik verdiend, want misschien had ik zelf ook wel onrecht gedaan doordat ik hun had verteld over Jardena en de gewonde. Anderzijds, had ik het ook niet kunnen vertellen? Had ik daarmee niet juist mijn plicht vervuld? En nog anders bezien. En nog anders. Alles wat ik verteld had en niet had mogen vertellen en alles wat ik had moeten vertellen en niet verteld had. Daarom ging ik naar mijn kamer en ook ditmaal deed ik de deur van binnenuit op slot en wilde hem niet opendoen en gaf hun tot de volgende ochtend nauwelijks antwoord. Ook niet toen ze me riepen. Ook niet toen ze met straf dreigden. Ook niet toen ze echt bang werden

(en ik een beetje medelijden met hen kreeg, maar dat onderdrukte). Ook niet toen papa aan de andere kant van de
deur tegen mama zei, en daarmee met opzet zijn stem ver-
hief: 'Het geeft niet. Het is geen ramp. Het zal hem geen
kwaad doen daar in het donker een beetje over zichzelf na
te denken.' (En daarin had hij gelijk.)

Die avond, alleen in mijn kamer, hongerig maar trots en
verbitterd, bedacht ik ongeveer het volgende: er zijn in de
wereld nog meer geheimen dan bevrijding van het vaderland en ondergrondse bewegingen en Engelsen. Hirsj en
Oleg bijvoorbeeld, die door een pick-up hiervandaan meegenomen waren om pioniers te worden, waren die misschien toch broers die, uit bepaalde overwegingen, deden
alsof ze vreemden en vijanden waren? Of waren het juist
twee vreemden die zich soms vermomden als broers? Je
moest zwijgend toekijken. Alles had een soort schaduw.
Misschien had zelfs de schaduw een schaduw.

VIERENTWINTIG

Minder dan een jaar na die zomer verlieten de Engelsen het land. De Hebreeuwse staat werd gesticht, en werd in de nacht van zijn ontstaan van alle kanten aangevallen door een invasie van Arabische legers, maar vocht terug en overwon en overwint sindsdien telkens weer. Mama, die vroeger voor verpleegster geleerd had in het Hadassa, verbond gewonden in de verzamelpost bij Sjibolet. 's Avonds werd ze erop uitgestuurd om de familieleden van de gesneuvelden in te lichten, samen met dokter Magda Grippius. Tussen de gewonden en de gesneuvelden door was mama in het tehuis, om voor haar weeskinderen te zorgen. Daar sliep ze een paar uur per etmaal op een veldbed in de voorraadkamer. Thuis kwam ze bijna niet. In de oorlogsmaanden begon mama te roken, en sindsdien rookte ze verbitterd, met een grimas op haar gezicht, alsof de sigaretten een diepe weerzin bij haar wekten. Papa bleef pamfletten maken, van nu af schreef hij dagorders, en hij leerde ook in een spoedcursus hoe hij een mortier moest bedienen: hij zette zijn bril een beetje schuin, deed de poten van zijn bril omhoog en richtte daarmee de lenzen enigszins naar beneden, verantwoordelijk en redelijk en met het gelijk aan zijn zijde haalde hij een zelfgemaakte mortier uit elkaar, oliede hem en zette hem opnieuw in elkaar, terwijl hij elke schroef zeer serieus behandelde, alsof hij een voetnoot van bijzonder gewicht toevoegde aan zijn onderzoek. En Ben-Choer en

Tsjita en ik vulden honderden zandzakken, hielpen met het graven van loopgraven, en brachten voorovergebogen rennend briefjes van wachtpost naar wachtpost in de dagen dat Jeruzalem belegerd was en onder de zware beschietingen lag van de kanonnen van het legioen van het Transjordaanse koninkrijk. Een van de granaten velde een halve olijfboom en onthoofdde de jongste van de gebroeders Sinopski terwijl ze samen onder de boom sardientjes zaten te eten. Na de oorlog verhuisde de oudste naar Afoela en de kruidenierszaak ging over in de gezamenlijke handen van de twee vaders van Tsjita.

Ik herinner me de nacht eind november toen op de radio werd meegedeeld dat de Verenigde Naties in Amerika, in een plaats die Lake Success heette, besloten hadden ons toe te staan een Hebreeuwse staat te stichten, zij het een heel klein staatje, verdeeld in drie blokken. Om een uur 's nachts kwam papa terug van het huis van dokter Buster, waar iedereen zich verzameld had om te horen wat de radio zou meedelen over de uitslag van de stemming in de VN, hij boog zich over me heen en streek met zijn warme hand over mijn gezicht: 'Sta op. Word wakker. Niet slapen.'

Met die woorden tilde hij mijn deken op en kwam naast me in bed liggen met zijn kleren aan (terwijl hij daar altijd heel streng in was, het was bij ons absoluut verboden om met kleren aan in bed te gaan liggen). Hij bleef een tijdje zwijgend liggen en bleef mijn hoofd strelen en ik durfde nauwelijks te ademen, en plotseling begon hij te praten over dingen waarover nooit gesproken werd bij ons thuis, want dat was verboden, dingen waarvan ik altijd had geweten dat je daar niet naar vroeg en daarmee uit. Je vroeg er hem niet naar en je vroeg er mama niet naar, nooit, er waren bij ons een heleboel dingen waarvoor gold: hoe minder je erover vroeg, hoe beter het was. Punt. Hij vertelde me met een stem van duisternis hoe het was geweest toen mama en hij twee buurkinderen waren in een stadje in Polen. Hoe ze gepest waren door kwajongens die op de binnenplaats woonden. Hoe die hen afgetuigd hadden omdat de joden allemaal luie, sluwe rijkaards waren. Hoe ze hem een keer hadden uitgekleed in de klas, op het gymnasium, met geweld, voor de ogen van de meisjes, voor de ogen van mama, om de besnijdenis belachelijk te maken. En zijn vader, opa dus, een van de grootvaders die later door Hitler vermoord waren, was in een kostuum met een zijden stropdas komen klagen bij de directeur, maar toen hij het kantoor uitkwam, hadden de kwajongens hem gegrepen en ook hem met geweld uitgekleed in de klas voor de ogen van de meisjes. En nog steeds met een stem van duisternis sprak papa tegen me:

'Maar van nu af zal er een Hebreeuwse staat zijn.' En plotseling omhelsde hij me, niet zachtjes maar bijna wild. In het donker raakte mijn hand zijn hoge voorhoofd, en in plaats van zijn bril ontmoetten mijn vingers tranen. Nooit heb ik mijn vader zien huilen, niet voor die nacht en niet daarna. En eigenlijk heb ik het ook toen niet gezien: mijn linkerhand zag het.

VIJFENTWINTIG

Zo is ons verhaal: je komt uit de duisternis, loopt wat rond, en verdwijnt weer in de duisternis. Je laat een herinnering achter waarin pijn vermengd is met wat vrolijkheid, berouw, verbazing. De petroleumkar kwam 's ochtends altijd bij ons voorbij, de olieman zat op de bok, hield de teugels losjes vast, klingelde met een bel en neuriede tegen zijn oude paard een langdradig liedje in het Jiddisj. De jongen die hielp in de kruidenierszaak van de gebroeders Sinopski had een vreemde kat die hem overal achterna liep, die niet van hem wilde scheiden. Meneer Lazarus, de kleermaker uit Berlijn, een man die altijd knikte en met zijn ogen knipperde, schudde zijn hoofd alsof hij zijn ogen niet kon geloven: wie had er ooit gehoord van een trouwe kat? En hij zei: misschien is het wel een *Geist* (een geest). De ongetrouwde dokter Magda Grippius werd verliefd op een Armeense dichter en ging hem achterna naar Cyprus, naar de stad Famagusta. Een paar jaar later kwam ze terug met een dwarsfluit die *flute* genoemd werd, en soms werd ik 's nachts wakker van het geluid en dan fluisterde iets binnen in mij: denk eraan dat je dit nooit vergeet, want dit is waar het om gaat, de rest is immers maar een schaduw.

Wat is de andere kant van wat werkelijk geweest is?

Mijn moeder zei altijd: de andere kant van wat geweest is, is wat niet geweest is.

En mijn vader: de andere kant van wat geweest is, is wat nog komt.

Toen we elkaar toevallig ontmoetten in een visres-
taurantje in Tiberias, aan de oever van het Meer van Galilea, veertien jaar later, heb ik het aan Jardena gevraagd. In
plaats van mij te antwoorden, barstte ze uit in haar klateren-
de lach, de lach die alleen meisjes hebben die graag meisjes
willen zijn en heel precies weten wat wel en wat niet meer
kan, stak een sigaret op en zei: het omgekeerde van wat geweest is, is wat er had kunnen zijn als er geen leugens en
angst hadden bestaan.

Die woorden voerden mij terug naar het eind van die zomer, naar de klanken van haar klarinet, naar de twee vaders
van Tsjita, die daar ook na de dood van zijn moeder samen
bleven wonen, naar meneer Lazarus die kippen fokte op
het dak en na een paar jaar besloot te hertrouwen en een
driedelig donkerblauw pak voor zichzelf naaide en ons allemaal uitnodigde voor een vegetarische maaltijd, maar
's avonds, na de bruiloft en het feest, plotseling opstond en
van het dak sprong, en naar agent vier vier zeven negen, en
de panter in de kelder en Ben-Choer en de raket die we niet
naar Londen hebben gezonden, en ook naar het blauwe
luik dat misschien tot op de dag van vandaag meedrijft met
de stroom, dat rondgaat op zijn ingewikkelde reis terug
naar de korenmolen. Wat is het verband? Dat is moeilijk uit
te leggen. En het verhaal zelf? Heb ik door het te vertellen
nogmaals iedereen verraden? Of zou ik hen juist verraden
hebben als ik het niet had verteld?

1994-1995

172

p. 38: De meeste Hebreeuwse woorden hebben een wortel van drie medeklinkers, die de grondbetekenis aangeeft. Zo staat de wortel *b-g-d* voor 'verraad'. Door de klinkers tussen de letters van de wortel, door voor- en achtervoegsels en door de verdubbeling van de medeklinkers wordt aangegeven wat de precieze betekenis is, en om welke woordsoort, vervoeging, verbuiging etc. het gaat.

Door verdubbeling verandert de uitspraak van bepaalde medeklinkers. Oorspronkelijk betrof dit de letters *bet*, *gimel*, *dalet*, *kaf*, *pe* en *tav*, die tezamen het acroniem *BeGaD KeFaT* vormen. Tegenwoordig geldt de uitspraakverandering alleen nog maar voor *bet*, *kaf* en *pe*, die zonder verdubbeling uitgesproken worden als *v*, *ch* en *f*, en met verdubbeling als *b*, *k* en *p*. Vandaar dat Profi bij het woord *KeFaT* aan *kapot* moet denken.

p. 111: *Misjna*: verzameling mondelinge wetten uit de derde eeuw, die de basis vormen voor de Talmoed, ook: één traktaat uit de Misjna; *Talmoed*: eigenlijk de commentaren op de Misjna, meestal de commentaren én de Misjna; van de Talmoed bestaan twee versies, de *Jeruzalemse* (bijeengebracht rond 375) en de veel uitgebreidere *Babylonische* (rond 500); *halacha*: verzameling wetten en regels uit de traditionele joodse literatuur; *midrasjiem*: interpretaties van de Tora door middel van zedenpreken, exempelen, legenden, grotendeels afkomstig uit de Talmoed; *Mechilta*: naam van twee midrasjiem die betrekking hebben op het Bijbelboek Exodus; *Zohar*: het boek (vermoedelijk uit de dertiende eeuw) dat de basis vormt van de Kabbala, de joodse mystieke leer; *Joree dea* ('Leidraad van mening'), *Even Haëzer* ('De steen der hulp'), *Orach Chajiem* ('Levenswijze'), *Chosjen Misjpat* ('Borstschild der wet'): de vier delen van de *Sjoelchan Aroech* (zie onder); *Tosefta*: supplement bij de Misjna; *Sjoelchan Aroech* ('Gedekte tafel'): gezaghebbend wetboek dat regels stelt voor alle aspecten van het joodse leven, geschreven door Josef Caro (eerste druk: Venetië 1565); *Josipon*: anoniem Hebreeuws boek, geschreven in de tiende eeuw in Zuid-Italië, dat de geschiedenis van de joden in de tijd van de Tweede Tempel beschrijft; *Chovot Halevavot* ('Schulden der harten'): moralistisch handboek, oorspronkelijk in het Arabisch geschreven door de Spaans-joodse filosoof Bachja (rond 1080).

p. 113: *Chassidiem* ('vromen', 'toegewijden'): aanhangers van een populaire joodse religieuze stroming, halverwege de achttiende eeuw in Oost-Europa gesticht door Israël ben Eliëzer Baäl Sjem Tov. De nadruk lag op een enthousiaste, vaak extatische godsdienstbeleving waarbij charismatische leiders een grote rol speelden. De woningen van de grote chassidische rabbijnen fungeerden als een hof waarheen mensen van heinde en verre kwamen om te bidden en om genezing en raad te vragen. De *mitnagdiem* ('tegenstanders'), onder leiding van Elia ben Salomon Zalman, de Gaon van Wilna, hielden vast aan een meer intellectuele godsdienstbeoefening, waarbij de bestudering van de Tora een belangrijke plaats innam. Zij verzetten zich tegen de extatische beweging en zagen de wonderen en visioenen van de chassidische rabbijnen als bedrog en de aanbidding door hun volgelingen als gevaarlijke persoonsverheerlijking. Aan het eind van de achttiende eeuw woedde er op sommige plaatsen een hevige strijd tussen de chassidiem en de mitnagdiem. De laatsten probeerden uit alle macht te voorkomen dat de nieuwe beweging voet aan de grond kreeg, maar konden dit uiteindelijk niet verhinderen. In de negentiende eeuw nam de onderlinge vijandigheid af, en de beide groepen bleven naast elkaar bestaan.

p. 113: Een doenam hier en een doenam daar: een *doenam* is een Hebreeuwse oppervlaktemaat (1000 m²); met de uitdrukking wordt bedoeld het beleid van de joodse pioniers om her en der in het land stukjes grond te verwerven en daar een nederzetting te bouwen.

p. 114: Muur-en-toren-kibboetsiem: kibboetsiem die in de jaren dertig en veertig in één nacht opgebouwd werden, om de Britten en de Arabieren de volgende ochtend voor een voldongen feit te plaatsen. In die nacht werden een wachttoren en een omheining gebouwd, voldoende om in een later stadium rustig verder te bouwen aan de kibboets.

p. 165: Regel uit het bekende gedicht 'Kineret' van de dichteres Rachel (Rachel Bloewstein, 1890-1931).